Bleu cerise

Charles Folta

Bleu cerise

Roman

LE LYS BLEU
ÉDITIONS

ISBN : 979-10-377-8360-8

C'était le quarante-et-unième jour de l'automne ; l'étrange saison qui s'égaye funestement en célébrant la mort, mais qui pourtant, passé cette morbide réjouissance, peint ses paysages de pourpre et d'or sous un ciel aux flamboiements cuivrés, et dans laquelle les parfums attirants et tièdes de la terre qui refroidit, s'évaporent dans les brumes froides et matinales où viennent se perdre les âmes misérables.

Il pleuvait. Une pluie continue et fine noyait la ville sous ses sempiternelles vagues d'eau glacée. Elle s'acharnait en se lançant sans relâche à l'assaut de cette cité ainsi martyrisée. Elle semblait infatigable. Le vent du nord, allié de circonstance, par son haleine polaire, rendait l'atmosphère encore plus hivernale et difficilement supportable. Tout semblait figé, transi, mort. La nuit, de par sa ténébreuse empreinte, accentuait cette fantomatique perspective. Quelques rustres lampadaires, fatigués d'émettre leur lumière jaunâtre et vieillie, tentaient de donner une vie illusoire à ce tableau. C'était une ville minière, aussi sombre que la richesse qu'extrayaient de ses tréfonds des hommes aux gueules noires. D'autres hommes bâtirent ces quartiers aux maisons jumelles à l'infini sans se soucier de correspondre à un style architectural, ni même de satisfaire au confort de ses habitants, mais uniquement pour répondre à une résolution économique des exploitants miniers qui désiraient garder une emprise politique sur leurs ouvriers. Cette étrangeté urbaine possédait toutes les caractéristiques d'un ghetto clôturé d'enceintes dont le matériau principal n'était pas le barbelé, mais plus sournoisement, l'obédience de sa population à une industrie moribonde. Pourtant, là, bravant ces éléments contraires au milieu de cette agglomération meurtrie, un jeune garçon avançait d'une allure racée et déterminée, élançant crânement et sans ménagement son mètre soixante-dix au-devant des bourrasques. Il ne craignait pas ces conditions hostiles, et pour cause, il les côtoyait depuis le début de sa jeune vie. Il vivait avec elles, s'en accommodait, s'en accoutumait. Le jeune homme marchait maintenant d'un pas cadencé frappant le sol discontinu avec résolution, engoncé dans une houppelande bleu marine fermée sur un coupe-vent. La tête, subtilement arrondie, relevée d'une épaisse chevelure châtaigne que protégeait péniblement une minuscule casquette coincée sur les oreilles, était enfouie dans une large écharpe laineuse qui ne laissait rien apparaître du cou ni du visage, que l'on devinait glabre, tandis que des yeux, au milieu de cet envahissant calfeutrage, surgissaient comme deux îles aux effets fruités verts. Les bras, qui se détachaient à peine du tronc, descendaient jusqu'aux poches de son jean dans lesquelles ses mains aux doigts élégants avaient trouvé refuge, y puisant une chaleur réconfortante et revigorante. Cette ardeur dans le mouvement trahissait l'existence d'un corps, certes juvénile, mais déjà rompu à l'effort. La rapidité de son déplacement l'aidait à éviter les pièges espiègles que la pluie, aussi vicieuse que futée, s'efforçait de tendre devant lui en inondant chaque renfoncement du sol lézardé et en savonnant de sa matière visqueuse chaque centimètre carré du trottoir dégradé qui défilait sous ses pieds.

Cela faisait quinze minutes qu'il cheminait ainsi au milieu des maisons qui semblaient le protéger en dressant sur son passage leurs murs de briques rouges.

Enfin, il aperçut les formes géométriques de son collège : objectif de son parcours crépusculaire.

Il devina, dispersée le long des grilles blanches, une multitude de silhouettes sombres qui s'agitaient sur place dans d'étranges soubresauts dansants au rythme d'une musique que personne n'entendait. Presque toutes étaient surmontées de parapluies qui ressemblaient à des confettis noirs, comme pour marquer le deuil de cette atmosphère sinistre dans laquelle se mouvait ce cortège funèbre sans corbillard. Il s'approcha très vite d'un binôme qu'il reconnut comme étant deux camarades de classe.

« Salut les gars, je ne suis pas en retard ? » questionna Rudy.

« Non, le bus n'est pas encore arrivé », répondit l'un des deux, tout en pointant du bras le parking toujours vide.

Toute cette jeune population, car il s'agissait essentiellement d'élèves et de quelques professeurs, s'était donné rendez-vous dans le cadre d'une sortie culturelle afin d'assister à une soirée théâtrale organisée par le club « Art et Spectacle » du collège. La représentation devait avoir lieu sur la scène du théâtre de la grande ville préfectorale qui se situait tout de même à une vingtaine de kilomètres de là.

Tout en discutant sur des thèmes banals, les trois amis n'avaient cesse de scruter l'entrée de l'avenue par où devait pénétrer l'autocar chargé de les emmener. Bientôt lassés par cette attente interminable, ils finirent même par maugréer sur le bien-fondé d'une telle sortie, tant les conditions météorologiques étaient difficiles. Mais la curiosité de découvrir un spectacle en direct finit par l'emporter sur leur contrariété passagère. Jusqu'à présent, seule la télévision leur avait donné l'occasion d'assister à une pièce de théâtre. Cette fois, ils allaient être au cœur du spectacle.

L'attente se transforma en une sorte d'exaltation de l'humeur chez Rudy. Son humour subtil prit le dessus et égaya l'ambiance du petit groupe. D'un caractère jovial et enjoué, il poursuivait le but d'accommoder la réalité du quotidien à une joie constante et naturelle. Il savait être sérieux face à certaines circonstances, tout en respectant une certaine forme d'épanouissement. L'impatience de sa jeunesse s'harmonisait complètement avec une tolérance dont il faisait preuve dans de nombreuses situations et le plaçait parfois comme un référent parmi son jeune entourage.

Soudain, un ronronnement sourd se fit entendre. Toutes les têtes se tournèrent vers l'entrée de l'avenue où surgirent deux halos presque symétriques, aux lueurs kaléidoscopées. C'était les phares de l'autocar qui arrivait, défonçant l'obscurité. Il transperça les murs de pluie les uns après les autres, dégageant au passage des giclements effroyables d'eau froide et de boue molle constellant de saleté les infortunés trottoirs. En s'écartant ainsi de la sorte, cette pluie martyrisée semblait rendre un hommage secret à cet engin si poussif. Avec toutes les peines du monde, celui-ci s'arrêta devant l'établissement scolaire dans un crissement à vous exploser les tympans. Aussitôt, les silhouettes éparses se regroupèrent pour ne former qu'un troupeau affolé se dirigeant droit vers le parking. Rudy et ses camarades gardèrent leur calme, observèrent la scène avec malice et attendirent sereinement l'arrêt total du bus avant de s'avancer. Alors ils rejoignirent le groupe où l'on procédait déjà à l'appel.

« Gautier, Barto, Stepinski, Vignole... » Les noms défilaient et les nommés s'engouffrèrent dans le bus, comme aspirés.

« Corda, Champoussin, Duprésalin, Carpazo... » Voilà que ses deux compagnons d'attente étaient déjà appelés.

« Lepeintre, Hermann, Stepenski, Mihavic... » La clique s'amenuisait peu à peu. Rudy se rapprocha petit à petit de l'entrée du véhicule qui semblait l'attirer inexorablement et dont il pouvait déjà ressentir les relents échaudés qui s'en dégageaient.

« Grégoire, Tignes, Powiecki, Dewilder... » Il n'était plus que quelques-uns, à peine quatre ou cinq, quand, enfin, il reconnut son nom. Il s'élança aussitôt et grimpa les trois marches du bus tout en retirant sa casquette dégoulinante.

Une fois à l'intérieur, il fut saisi par l'écart de température et cela le rasséréna tout en lui prodiguant un sentiment de bien-être. Debout au bord de l'étroit couloir, il lança son regard directement vers le fond du bus, cherchant désespérément une place disponible non loin d'amis festifs. C'est alors qu'une voix roque et familière le sortit de sa concentration :

« Rudy, installe-toi là, juste derrière moi. Je t'aurai à l'œil comme ça ! » s'exclama son professeur d'anglais. Gentil, mais collant.

« Oh non ! Pas ce soir ! » bougonna Rudy mollement, voyant ses espoirs de passer une soirée joyeuse et gaie s'envoler irrémédiablement. Déçu, mais discipliné, il se tourna vers son enseignant et lui fit un sourire crispé et hypocrite en signe d'acquiescement.

Alors que résigné il s'apprêtait à s'asseoir, il remarqua sur la banquette, coincée côté fenêtre, encombrée dans son siège et un brin apeurée, une camarade de classe. Elle se prénommait Anne-Lise. C'était une fille qui avait la réputation d'être réservée, studieuse, bûcheuse et sérieuse. Sa posture un tantinet rigide et son style vestimentaire strict parachevaient la distanciation d'avec Rudy. Ainsi ils n'avaient guère eu l'occasion d'échanger longuement depuis qu'ils fréquentaient la même classe.

Et pourtant...

La lumière tamisée aux nitescences myosotis de cet endroit confiné laissait apparaître le visage opalescent de la jeune fille, qu'une chevelure noire et épaisse arrondissait. L'effet ombre et lumière de ce portrait fut accentué par l'arabesque que dessinaient deux fins sourcils au-dessus d'une paire d'yeux distribuant voluptueusement les reflets de leur source verte. Un nez délicat chevauchait un sourire timide et gêné que peignait un duo de lèvres rosies de douceur. L'enluminure isabelle du ciré qu'elle portait provoqua un contraste saisissant de couleur, donnant ainsi une touche épique à ce tableau. La perception de cette image picturale stimula si intensément la sensibilité de Rudy qu'il ressentit l'impact émotionnel au plus profond de son être. À cet instant, il eut la sensation étrange et intemporelle de ne plus s'appartenir. Son corps ne répondit plus, son esprit le lâcha, seule son âme resta animée d'un souffle d'énergie d'origine inconnue. Dans un réflexe inespéré, il puisa en lui le grain de raison qu'il lui restait pour sortir de cette torpeur inattendue et soudaine. Il s'obligea à s'asseoir, puis se contraint à bredouiller quelques mots amphigouriques en guise de salutations. Il ne se mit pas en quête de comprendre les raisons et les causes de ce séisme émotionnel, mais simplement d'en amortir les secousses inhibitrices.

Prisonnier de cette indolence stupéfiante, il ne remarqua ni le départ du bus dans un ronflement de moteur fatigué ni le tohu-bohu de kermesse qui s'était répandu autour de lui, qu'une cohorte d'élèves aussi bavards qu'agités entretenait avec zèle. Il fallut attendre que le bus eût bravement parcouru quelques kilomètres sur les routes détrempées et tourmentées et qu'un calme relatif, mais apaisant, fût de nouveau revenu dans la cabine, pour que Rudy, enfin, se regimbasse contre son état semi-apathique. Pour cela, il entreprit d'entamer la conversation avec sa voisine sur le thème de la culture, et plus précisément sur l'œuvre de Molière :

« C'est chouette d'aller voir une pièce de théâtre, surtout de Molière, jouée par de vrais acteurs », dit-il d'une voix étouffée de gêne.

« C'est sans doute le meilleur moyen de se rendre compte de la qualité du texte », répondit-elle avec calme.

« Oui, sans aucun doute. De toute façon, avec Molière on ne risque pas d'avoir de mauvaises surprises. C'est surtout la mise en scène que je suis curieux de voir » poursuivit-il, se rassurant progressivement à chaque mot prononcé.

Sur un ton pondéré et mesuré, l'échange, réservé dans un premier temps, s'anima quelque peu au fil des minutes en s'écartant de la thématique du théâtre pour aborder celui du programme scolaire, avant de s'orienter vers la qualité pédagogique de leurs enseignants.

Tout au long de cette conversation, Rudy avait le regard magnétisé par le visage d'Anne-Lise dont il semblait découvrir pour la première fois chaque centimètre carré. Provenant de l'extérieur, la lumière, tour à tour chaude et froide, enveloppait la jeune femme d'un hâle mystérieux, qui, en accentuant ainsi les effets luministes de ce tableau, donnait à Rudy la sensation d'avoir une vision chimérique et de vivre un moment inoubliable. Le mouvement de ses lèvres s'apparentait à une composition chorégraphique orchestrée par la musique harmonieuse des mots prononcés, présentant ainsi à Rudy, et à lui seul, le spectacle d'un ballet blanc. Émanant de son parfum, une exhalaison douce et tendre comparable à celle d'une amaryllis en fleur flottait dans cette atmosphère confinée et formait un cocon virtuel autour du couple, les isolant encore un peu plus du reste du groupe. Ainsi, tous les sens de Rudy envoyaient sans cesse un nombre important d'informations à son esprit, mais sa raison avait peine à en décrypter la moindre logique.

Soudain, une forte secousse et une série de ballottements indiquèrent vraisemblablement que l'autocar avait atteint sa destination et qu'il manœuvrait pour se stationner. Un enseignant, d'une voix de sergent d'infanterie, précisa le *process* de l'organisation qui consistait à former huit groupes de cinq élèves avec un professeur à la tête de chacun. Il invita donc tout le monde à se lever dans le calme et à rejoindre le parking, et composa au fur et à mesure de la descente de chacun lesdits groupes. Sans se concerter et selon un assentiment partagé, quoique sous-jacent, Anne-Lise et Rudy firent partie de la même équipe avec à leur tête un professeur qu'ils ne connaissaient pas.

Même si la pluie avait cessé, la température était si fraîche qu'elle faisait tressauter de froid la plupart des élèves, et ce malgré leurs carapaces de manteaux, pèlerines et autres capotes. La troupe s'insinua dans le dédale de rues qui devenaient de plus en plus étroites et bientôt recouvertes de pavés disjoints et biscornus, autant de pièges perfides pour des marcheurs non prévenus. Les immeubles et autres maisons avec leurs façades d'un autre siècle attiraient l'attention de Rudy, et plus particulièrement certains entrelacs, méandres ou rinceaux de pierre qui les ornaient, véritables témoignages du passé de ce site. En observant cette architecture et en déambulant sur ces voies surannées, Rudy percevait le souffle de la véritable histoire, celle que l'on ressent au plus profond de soi et qui éveille en vous le besoin de mémoire, le besoin d'apprendre, de comprendre, celle qui envahit votre pensée d'images homériques, et non celle qu'il avait pour habitude d'étudier sur les pages glacées et froides d'un ouvrage chichement relié. Si l'expérience est porteuse d'enrichissement culturel, en voici une dont Rudy pourra s'enorgueillir de posséder et d'en exploiter toute la substance didactique.

Un bruit de foule en attente résonna non loin de la troupe et fit écho dans ce labyrinthe de ruelles. Ils débouchèrent enfin sur une place aux dimensions humaines, baignée d'une lumière sépia que des lampadaires à trois branches, disposés avec soin, répandaient consciencieusement.

Il était là, le théâtre, face à eux, exhibant fièrement son frontispice de pierres blanches que de superbes palmettes et autres spires dentelaient harmonieusement, créant ainsi un ornement digne d'un palais princier où les révérences et autres courbettes hypocrites à la gloire vaniteuse d'un seul individu laissaient place à la créativité et à la culture, que d'autres hommes généreux et altruistes transmettaient à leurs semblables avides de savoir, tout en privilégiant avec raffinement le goût pour le divertissement. Alors que sur le haut de l'édifice de larges fenêtres à petits carreaux laissaient échapper les lueurs vives des lustres de verre, sur le bas de remarquables arches offraient de superbes accès aux futurs spectateurs, les invitant à y pénétrer en toute assurance. Le groupe d'Anne-Lise et de Rudy s'engagea le premier dans le hall d'entrée. Pas le temps de s'ébahir, les formalités d'accès très vite réglées que déjà leur professeur les faisait entrer. Ils se faufilèrent par la droite dans un couloir plutôt étroit, puis grimpèrent rapidement jusqu'au troisième étage par un escalier aux marches boisées qui se mirent à pleurer lamentablement sur leur passage. Arrivés sur un palier, on leur prodigua les dernières consignes de discipline et de respect, puis on les fit entrer dans une loge. À cet instant, toute la magnificence, toute la splendeur d'un théâtre à l'italienne éclatèrent à la vue de Rudy qui se trouva aussitôt saisi d'émotion et d'admiration. Il s'avança timidement et fut stupéfait par la beauté des lieux où le rouge dominait avec insolence, envahissant de sa teinte rubescente tout le mobilier, sièges et fauteuils, inondant de pourpre les tentures qui drapaient les murs, avant de vous éclater au visage dans une explosion amarante. Passé la stupéfaction du premier regard, il observa plus minutieusement cette salle conçue en U au centre de laquelle un parterre était dominé par trois étages divisés en balcons et corbeilles, l'ensemble étant dirigé vers une scène qu'un immense rideau de velours ridé à intervalles réguliers de bourrelets ondoyants masquait encore.

Enfin il s'assura de la présence d'Anne-Lise. Puis il l'invita courtoisement à s'installer à ses côtés sur les sièges disposés aux abords de la loge, n'oubliant pas de se délester de sa pesante houppelande afin d'assister au spectacle dans un confort optimal.

« Quelle beauté ce théâtre. C'est impressionnant ! » s'exclama Rudy.

« Je suis d'accord avec toi. Magnifique. C'est autre chose que de le voir en photo ou à la télé. Rien que pour ça, je ne regrette pas d'être venue », poursuivit Anne-Lise.

« Regarde ce plafond. Et là ! » reprit le jeune garçon en pointant du doigt trois anges adossés à la corniche jouxtant le plafond.

En effet, ces trois angelots joufflus et échevelés, aux bras et jambes potelés, aux ventres rebondis, semblaient flotter au-dessus de cette salle. La vision de ces visages aux sourires énigmatiques prodiguait une sensation de sérénité garantissant, sans aucun doute, la protection, tant physique que morale, de chaque spectateur.

Alors que les deux jeunes gens n'en finissaient pas de s'émerveiller devant ce décor, la salle se remplissait petit à petit dans un bourdonnement feutré qui convenait parfaitement aux lieux. Chacun s'évertuait à s'installer le plus confortablement possible en se trémoussant sur son siège tout en évitant respectueusement de déranger son voisin, mais toutes et tous éprouvaient les plus grandes difficultés à se débarrasser de leurs pardessus et autres manteaux devenus trop encombrants. Puis, une voix féminine prévint le public de l'imminence du spectacle. Une onde de silence se propagea onctueusement dans la salle. Les lumières baissèrent d'intensité graduellement jusqu'à l'extinction totale. Quelques murmures indisciplinés subsistaient çà et là, mais finirent par se dissiper complètement. Brusquement, les trois coups claquèrent avec fracas. L'immense rideau aussi lourd que large s'ouvrit dans un bruissement doucereux. Aussitôt, une bordée d'applaudissements s'éleva, démontrant, sans dénégation aucune, la satisfaction du public d'être présent.

« Quoique puissent dire Aristote et toute la philosophie, il n'est rien d'égal au tabac, c'est la passion des honnêtes gens ; et qui vit sans tabac, n'est pas digne de vivre ; non seulement il réjouit et purge les cerveaux humains, mais encore il instruit les âmes à la vertu et l'on apprend avec lui à devenir honnête homme... »

Tels furent les premiers mots lancés par Sganarelle, personnage central de cette pièce qu'interprétait, d'une voix puissante, un acteur en habit d'époque.

Rudy, perché dans cette loge suspendue périlleusement au troisième étage, avait une vue plongeante sur la scène et put capter le moindre mouvement, percevoir la moindre variation d'intonation de chacun des acteurs. Il fit un effort de concentration intense afin de s'adapter à ce texte écrit dans un français du dix-septième siècle, même si l'auteur n'en était pas moins que l'illustre Molière. Peu habitué à ce type de prose, voire pas du tout, il se laissa, malgré tout, aisément transporter par les intrigues de cette comédie ou plutôt tragi-comédie. Le jeune homme se sentait aérien et semblait ondoyer au milieu de cette soirée aux mille plaisirs qu'un mystérieux donateur lui offrait en présent.

Ce qui l'avait ravi jusqu'à présent était le caractère extraordinaire des situations qu'il venait de vivre. En effet, tout n'était que découverte, surprise, étonnement, contentement, ébahissement, et l'ensemble de ces sensations gravitaient autour d'un astre central symbolisé par la révélation d'Anne-Lise. Pour l'instant, il se laissait porter par les évènements qui l'entraînaient dans une danse particulièrement enthousiasmante qui étourdissait sa raison, mais éveillait tous ses sens, se laissant le temps de la réflexion pour plus tard.

Le jeu des actrices et des acteurs, adapté par une mise en scène sobre, garantissait la qualité du spectacle et transmettait avec soin toute la noblesse du texte basé sur la farce, bien que certains thèmes philosophiques fussent évoqués. On entendit le public rire, s'esclaffer, avant d'observer des instants de silence propre à la réflexion. Ces alternances d'humeur témoignaient sans aucun doute de l'interactivité qui s'était créée entre le public d'un côté et les comédiennes et comédiens de l'autre. Au fil des tirades qui se succédaient à un rythme régulier, Anne-Lise et Rudy réussirent tout de même à échanger quelques mots discrets dans des chuchotements dignes d'un confessionnal. Bientôt, la statue du commandeur apparut et mit un terme à cette comédie en emportant dans les abîmes de l'enfer Don Juan qui disparut sans s'être repenti.

« ... il n'y a que moi seul de malheureux, qui après tant d'années de service, n'ai point d'autres récompenses que de voir à mes yeux l'impiété de mon maître, punie par le plus épouvantable châtiment du monde », conclut donc Sganarelle, amer, malgré la mort de son maître, de n'avoir point perçu ses gages.

Le pesant rideau de velours rouge se ferma, accompagné par une bordée d'applaudissements qui crépitaient dans une joyeuse pétarade, invitant l'ensemble de la troupe des actrices et des acteurs à venir saluer, à venir percevoir leur attribution la plus noble : la reconnaissance du public. À en juger par l'intensité et la longueur des acclamations, les spectateurs semblaient comblés, enchantés, tout comme Rudy qui peina à quitter la loge, témoignant ainsi une pointe de frustration sur la durée du spectacle, trop court selon lui.

Vint le moment du retour. Après s'être assuré que personne n'était égaré, l'ensemble des élèves s'en retourna au parking où les attendait l'autocar. Chacun y retrouva sa place initiale tout en se laissant aller aux bavardages et commentaires de toutes sortes qui louvoyaient tantôt vers un enchantement féérique, tantôt vers une sévérité ecclésiastique. À peine installés, Anne-Lise et Rudy entamèrent une conversation, cette fois-ci tous azimuts, portant à la fois sur les problèmes sociétaux de leur époque ainsi que sur la littérature du dix-huitième siècle et même sur le dernier classement du hit-parade.

Complètement happés par leur discussion et trop heureux de découvrir certains aspects de leur personnalité – bien qu'Anne-Lise resta très timorée sur ce point, les deux jeunes gens comprirent tout le sens de l'expression « passer vite » lorsqu'ils arrivèrent déjà aux abords de leur établissement devant lequel quelques voitures stationnaient, certainement des parents trop prévenants et pas assez confiants, venus chercher leurs enfants. Du bus garé au fond du parking, ils en descendirent dans les derniers tout en continuant de causer et se retrouvèrent bientôt à l'extérieur, face-à-face, plantés sur un vulgaire trottoir. C'est à cet endroit complètement banal que la réalité les surprit et les remit sur la scène de la vie courante, celle qu'ils avaient quittée à peine quelques heures auparavant, juste avant de monter dans cet autocar qui avait dû les emmener pour un voyage mémorable.

Un coup de klaxon, une portière qui s'ouvre : la soirée est finie.

« C'est mon père. Tu veux qu'on te dépose ? » interrogea Anne-Lise.

« Non, merci. De toute façon, je pars dans l'autre sens », répondit Rudy brièvement alors qu'il avait encore des centaines ou plutôt des milliers de choses à lui raconter.

« C'était une chouette soirée », continua-t-il timidement.

« Excellente ! Une soirée comme… »

Un second coup de klaxon interrompit cruellement la réponse de la jeune collégienne. Elle lui adressa un dernier sourire, peut-être complice, mais assurément attendrissant, et s'éloigna la tête baissée.

« On se voit à la rentrée », lui cria-t-il.

« Bonsoir », lui répondit-elle, en se retournant avant de disparaître dans la GS blanche.

Rudy observa le départ de la voiture, resta interloqué quelques secondes, puis d'un pas déterminé s'élança sur le chemin du retour. Il s'engouffra dans la bruine lugubre qui s'abattait dorénavant sur la ville endormie, muette. Seuls le chuintement de son coupe-vent ainsi que le claquement de ses pas résonnaient au milieu du silence monastique qui régnait en monarque absolu sur ce royaume nocturne. À peine eut-il franchi quelques centaines de mètres, qu'un trouble inconnu l'envahit. Ce désarroi inattendu présenta toutes les caractéristiques d'un manque, non pas physique mais plutôt d'ordre émotionnel. En effet, les images récentes pleines de joie, de plaisir, où la convivialité, la camaraderie, la découverte dominaient, tout cela laissait dorénavant place à une solitude subite, aussi brutale que redoutable. Ses oreilles résonnèrent de silence. Il accéléra le pas afin d'en terminer le plus rapidement possible avec ce trajet retour. Arrivé devant son domicile, il traversa le jardin, ouvrit la porte avec ses clefs, qu'il trouva au fond de sa poche, entra, se dévêtit et fit rapidement sa toilette avant de monter le plus discrètement possible dans sa chambre pour se glisser sous la couette de son lit. Les yeux à peine clos, il se laissa bercer longuement par le film de cette journée prégnante, estampillée du sceau de la révélation. Enfin la fatigue finit par l'emporter. Il s'endormit avec soulagement.

*

Cela faisait trente minutes que Rudy était réveillé. Son corps lourd et inerte s'abandonnait dans les draps froissés qui l'engloutissaient complètement, pour ne laisser apparaître qu'une tête aux yeux vides fixant le plafond en quête d'un improbable secours. Même si le sommeil fut réparateur, il avait l'esprit embrumé des lendemains de fête.

« Un peu d'eau froide sur la tête, un bon petit déjeuner et ça va aller », se dit-il, même s'il s'aperçut qu'il n'avait pas trop d'appétit. Il décida de se lever. En un instant, il se jeta au pied du lit, descendit gaillardement l'escalier vermoulu et se retrouva rapidement dans la cuisine, où l'accueillit la chaleur bienveillante de la cuisinière à charbon sur laquelle une cafetière en métal bleu marine répandait son odeur douce-amère de café fraîchement passé. Ce n'était qu'une petite pièce d'une douzaine de mètres carrés environ, et pourtant toute la vie du quotidien se passait là : la préparation et la prise des repas, les criailleries de fin de mois, les palabres avec les voisins, et même les toilettes individuelles. C'était à la fois le point de départ et la base arrière de toutes les opérations de la vie décidées et entreprises par cette famille. Dans cette cuisine, le bonheur flirtait en boucle avec le malheur, laissant tour à tour les rires égayer les visages et les larmes mouiller les joues. Les quatre murs étaient tapissés d'un papier peint clair sur lequel se dessinaient au trait rouge des centaines de figurines géométriques en forme de losanges, triangles et autres rectangles. Fixée sur l'un d'eux, une pendule peinait à donner l'heure, comme si le temps pesait de tout son poids sur des aiguilles devenues ainsi poussives, surtout la plus grande qui, par son élan saccadé, semblait hésiter à avancer. Sur le mur qui faisait face à la cuisinière était accolée une table en formica marron sur laquelle un vase de cristal ciselé d'une multitude de petites fleurs cohabitait temporairement avec un bol à café à l'anse brisée, une petite cuillère, un beurrier en plastique et une baguette de pain encore chaude.

« Bonjour, ton petit déjeuner est prêt », lui dit sa mère tout en lui tournant le dos, trop occupée à nettoyer des légumes au-dessus de l'évier. C'était une femme au foyer comme il en existe tant dans ce quartier. Chez elle, tout était dans la moyenne, la bonne moyenne : sa taille, son âge, son poids, sauf peut-être sa curiosité, certainement l'unique moyen de se sortir de ce monde clos qu'était sa maison, épicentre de son existence. Puis, elle le bombarda de questions :

« Alors, comment c'était ? Le théâtre, il est beau ? Et la pièce, elle était bien ? Avec qui t'étais ? T'as pas eu froid en rentrant ? T'es revenu seul ? »

Rudy s'attendait à cet interrogatoire devenu incontournable après chacune de ses sorties. Tout en s'asseyant à table, il lui répondit sur un ton blasé :

« C'était pas mal, une bonne ambiance, et puis y avait quand même les profs qui surveillaient. »

« Heureusement ! Parce qu'avec une bande de jeunes comme vous, ça devient vite le binz », reprit sa mère avant de conclure :

« Bon. Je vais aller faire des courses sur la route nationale. Profites-en pour ranger ta chambre, et surtout n'oublie pas de faire tes devoirs, y a pas que le plaisir dans la vie. »

Machinalement, Rudy se servit un café et s'installa à table. Il prit son petit déjeuner assez rapidement, s'habilla rondement et rejoignit sa chambre afin de travailler sur son dernier cours d'histoire. Cela faisait déjà plus de trente minutes qu'il était assis à son bureau et pourtant il n'avait retenu que deux lignes, peut-être trois de sa leçon. Un quart d'heure plus tard, il peinait toujours à enregistrer le moindre mot, même à saisir le sens d'une simple phrase. Alors, il opta pour les mathématiques et s'engagea dans la résolution d'un exercice correspondant à son niveau. Peine perdue, échec total. Sans nul doute, son esprit était privé de la plus infime attention nécessaire à un effort intellectuel, aussi minime soit-il. Perturbé par ce manque de concentration pénalisant, incapable d'en connaître la moindre origine et surtout impuissant à en déceler la plus élémentaire signification, il prit la décision simple, mais peut-être salvatrice, de rendre visite à son ami Georges.

Il s'habilla rapidement, enfila ses boots, sortit promptement de chez lui, et en quelques énergiques enjambées se retrouva au garde à vous devant la maison de son acolyte qu'il héla d'une impressionnante et puissante voix afin qu'il le rejoignît aux abords du jardin. Après quelques secondes, Georges apparut dans l'embrasure de sa porte, vêtu d'un épais pull-over beige, d'un pantalon de velours marron, qui semblait avoir été déjà porté par plusieurs de ses ascendants, et chaussé de savates percées de larges trous, l'ensemble lui donnant l'aspect étrange et surnaturel d'un vénérable patriarche au visage glabre d'un chérubin. De taille égale, son corps râblé mais pas gras, supportait aisément une tête ovoïde où tout était correctement placé, et qu'un nez situé juste en son milieu semblait veiller, de toute sa longueur, sur cette bonne disposition. Georges était plus qu'un copain de collège pour Rudy, c'était un ami d'enfance, leurs mères les ayant promenés en poussette, côte à côte, alors qu'ils étaient encore en couches, et depuis, au fil de leur scolarité, ils découvraient ensemble le monde qui se limitait simplement à la périphérie de leur ville et de son arrondissement. Quant aux relations humaines, elles se cantonnaient aux liens primaires de la famille et à leur amitié commune enrichie d'une confiance absolue et d'une complicité efficace.

Tout en se saluant par une poignée de main, Georges questionna Rémi :

« Alors, cette soirée théâtre, c'était bien ? »

« Oui, oui ! Plutôt pas mal », répondit Rudy à voix basse.

« Plutôt pas mal ! C'est tout ? Tu n'as pas l'air emballé », reprit Georges, surpris par la réponse amorphe de son ami.

« Si, si ! Mais avec les profs derrière nous, il fallait s'tenir à carreau tout le temps, pas moyen de déconner. J'avais mon prof d'anglais, monsieur Lecuyer, qui m'a pas lâché une minute », répondit Rudy sur un ton blasé. Puis il se lança dans le récit de sa soirée de façon évasive et volontairement contrefaite afin de ne pas évoquer quelques situations délicates pouvant le confondre avec un doux rêveur, inacceptable pour un fort et viril jeune homme. Tout à coup, il fut interrompu en plein milieu de son allégorie par une question nette et précise de Georges :

« Dans le bus, tu étais assis avec qui ? »

Quelques secondes se passèrent.

« Avec Anne-Lise », soupira Rudy.

« J'ai pas eu le choix, c'est Lécuyer qui m'a dit me mettre là », se défendit-il.

« Anne-Lise... ? Celle qui est toujours dans son coin, l'intello pas très bavarde ? Ah ! Tout s'explique ! » s'exclama Georges en affichant un sourire moqueur.

« Eh bien, pas du tout ! On peut se tromper sur les gens... On croit les connaître... et puis non, on ne les connaît pas vraiment », rétorqua Rudy avant de se lancer dans une maladroite et tarabiscotée plaidoirie, au seul but de réhabiliter l'image d'Anne-Lise, qui pourtant n'en avait pas besoin, mais qui excita inéluctablement l'attention de Georges, s'empressant de demander avec amusement :

« Mais dis donc ! T'as une nouvelle copine, ma parole ! J'y crois pas ! »

Pour répondre à cette taquinerie, Rudy n'eut d'autre solution que de changer complètement de sujet de conversation, ce qui donna à Georges la sensation d'avoir évoqué un sujet sensible auquel il ne donna pas suite par pudeur pour son ami, car l'amitié c'est également le respect du for intérieur de l'autre.

C'est ainsi que naturellement ils orientèrent leurs propos sur leur thème favori, voire fondamental : le journalisme. En effet, les deux jeunes hommes appartenaient au club de journalisme du collège créé dans le cadre des activités culturelles obligatoires du programme scolaire, et qui comptaient également des clubs de cinéma, peinture, échecs, photographie, etc., et même de la peinture sur soie. Ils étaient une petite poignée de collégiens à « jouer » aux apprentis journalistes, encadrés par quelques professeurs et un retraité de l'imprimerie, André. Mais avec Gaby et Estelle, deux autres copains de classe, ils constituaient le noyau central de ce club et leur implication était totale, peut-être même sacerdotale. Informer en toute objectivité leurs camarades de collège était devenu pour ces quatre-là une véritable mission et ils s'y employaient avec toute la fougue de leur jeunesse. Ils étaient réfractaires aux *a priori*, et en aucun cas ne voulaient se laisser déborder par d'éventuelles opinions personnelles ou de subjectives pensées. Parfois en relatant les faits, ils s'accordaient la liberté de soulever des interrogations et d'ouvrir ainsi certains débats chez leurs lecteurs. Ainsi, chaque mois, ne répondant qu'à ces nobles convictions, ils éditaient un journal qui relatait les évènements du collège et parfois de petits évènements qui se déroulaient en ville. Mais ce qui les captivait et les motivait n'était certainement pas les derniers résultats du tournoi de handball ou le départ en retraite du professeur de technologie, mais l'information qui nécessitait une enquête minutieuse et palpitante et qui donnerait naissance à un article dithyrambique en première page. C'est ainsi que l'actualité du moment s'articula autour de trois thèmes : la pollution de la rivière et de ses berges, les travaux encore retardés de la future salle de sport, et enfin, l'agression d'un élève en sortant du collège par trois ou quatre étranges individus cagoulés. Sans vraiment se concerter, Georges et Rudy se décidèrent à écrire un papier sur le lâche passage à tabac de leur jeune collègue.

Bien évidemment, il fallut soumettre leur choix au reste de l'équipe afin d'obtenir un assentiment général. Une réunion fut prévue dès le lendemain après-midi chez Estelle avec le reste de l'équipe, un professeur et André, afin d'en débattre. Les deux compères se donnèrent donc rendez-vous pour le jour suivant et se quittèrent tout en se promettant de réfléchir déjà au contenu de leur article.

Rudy passa le début de l'après-midi dans sa chambre à lire mais surtout à recopier des notes de cours, seule activité qui ne nécessitait pas de concentration extrême. Afin de s'extraire de la singulière apathie dont il souffrait depuis le début de cette journée, il se décida finalement à sortir pour trouver dans l'exercice physique une échappatoire à sa torpeur lancinante. Confortablement vêtu, sans itinéraire bien défini tout d'abord, il s'élança sur la route qui longeait son domicile, puis après avoir parcouru trois cents mètres, sans réfléchir, il prit le chemin de son collège, encouragé irrémédiablement par une exaltation profonde. En refaisant ce chemin vingt-quatre heures après, Rudy revivait les instants heureux de la veille, chassant vivement toutes les pensées élégiaques et mélancoliques qui encombraient son esprit depuis ce matin. Il se surprit même à sourire. Cela ressemblait déjà à un pèlerinage. Ses foulées stylées et souples s'allongèrent. L'écho de son pas sur le sol répondait à celui de son souffle régulier dans un parfait accord. Ses bras se cadencèrent au rythme de ses jambes en parfaite harmonie. Très vite, il atteignit le collège, le contourna, puis s'élança sur le chemin de terre qui conduisait à la périphérie de la ville. Son allure ne faiblissait pas. La chaleur qui émanait maintenant de son corps affronta la fraîcheur de l'air ambiant, créant un contraste saisissant qui le revigora. Nettement aidé par l'endorphine générée à la suite de cet effort vif et brutal, Rudy sentit ses sensations négatives le quitter petit à petit, s'évaporant au même rythme que les gouttes de transpiration qui perlèrent à l'encoignure de son front et de son cuir chevelu. Il se retrouva bientôt seul au milieu de ces champs à la terre noire et grasse s'ouvrant en de profonds sillons ondulants, offrant leur ventre fécond et disponible aux futures semences printanières. Sur sa gauche, à trois cents mètres, s'élevait le terril, cette gigantesque pyramide de cailloux et de roches, résultats glaireux de l'acharnement humain à piller des profondeurs de la terre une richesse aussi éphémère que salvatrice, dont l'exploitation outrancière et sournoise, par ses conséquences irrémédiables, bafouait les codes élémentaires de la générosité naturelle de notre planète. Cette terre ainsi violée par l'introduction des doigts intrusifs de l'homme au plus profond de son ventre ne pouvait que vomir ces montagnes de résidus schisteux, balafrant par leurs furonculeuses érections les paysages de cette région.

À l'approche des limites de sa commune, Rudy ralentit considérablement son allure, transformant sa chevauchée éperdue en une marche paisible. Plus détendu, il plaça les mains sur ses flans en position de récupération, souffla violemment, puis leva la tête. Il offrit alors à son regard la liberté de s'étendre jusqu'aux limites de sa perspective. Dans le crépuscule de cette journée, le vent, en véritable rabatteur, regroupa les nuages en de gigantesques et fabuleuses cathédrales atmosphériques sur lesquelles venaient s'épingler de minuscules broches croassantes aux ailes glaiseuses. Les mouvements incessants de ces masses éthérées laissèrent échapper les lueurs zénithales et orangées de l'astre couchant, ponctuant cet ensemble aérien de teintes à la fois grisâtres et bleutées que d'éparses éphélides et panachures blanchâtres marbrées d'ocre jaune transformaient en un virtuel et immense joyau princier. Maintenant à l'arrêt complet, debout face à ce panorama, Rudy retrouva une certaine plénitude pendant que, subrepticement, les images du visage souriant d'Anne-Lise s'invitèrent à ce spectacle improvisé, lui donnant un caractère émotionnel encore plus fort et une réelle intimité. Il eut conscience dorénavant de l'impact de la jeune fille sur son état d'âme sans discerner la nature réelle de celui-ci, mais le confondit encore avec une forme de joie empreinte d'admiration. La lumière chamarrée d'or du crépuscule l'encouragea à rebrousser chemin et ce fut avec entrain qu'il prit la direction de son domicile.

*

Quatorze heures, chez Estelle. Toute l'équipe était arrivée : le professeur d'histoire-géographie monsieur Berger, l'imprimeur retraité André, Gaby et Georges les fidèles amis, Rudy, et bien évidemment Estelle qui, dans la cuisine, s'affairait avec sa mère à la préparation du café. Ils furent tous installés à la table du séjour : le professeur et l'imprimeur à chaque extrémité tandis que les collégiens assis par deux, de chaque côté de celle-ci.

Monsieur Berger prit le premier la parole en qualité d'enseignant référent, voire de tuteur. Il rappela tout d'abord l'objet de la réunion en présentant les différents axes d'étude de l'après-midi. Ce fut ainsi que les quarante-cinq premières minutes se passèrent à trier et à alimenter les informations globales sur les thèmes du sport, de la culture, ainsi que de la vie sociale du collège. Le travail le plus délicat consista à établir la longueur du contenu ainsi que le placement dans le journal de chaque encadré.

Puis vint enfin l'instant de choisir le thème de l'article qui prendrait place à la première page. Alors que monsieur Berger présentait les trois sujets présélectionnés (la pollution de la rivière, les travaux de la future salle de sport et l'agression du collégien), il fut vivement interrompu par Estelle qui, sur une voix d'oratrice populiste digne de Louise Michel, lança :

« Et si on parlait de la loi Haby avec sa réforme à la solde des patrons et des capitalistes véreux. Toujours des lois pour rabaisser le peuple, à niveler vers le bas. »

Personne ne fut étonné de cette intervention énergique car chacun avait connaissance des penchants ultra gauchistes, ainsi que des élans fougueux d'Estelle, tout cela bercé par une utopie que seules de juvéniles pensées pouvaient justifier. En solidarité avec sa condition de collégienne plus que par conviction, Gaby,

Georges et Rudy approuvèrent et cautionnèrent l'intervention de la jeune fille.

Aussitôt, monsieur Berger, avec l'assentiment d'André, intervint pour mettre un terme à cette entremise :

« Je vous le dis tout de suite, il n'y aura pas de politique dans ce journal, pas la moindre ligne politicarde, à peine une information sur le contenu de la réforme. Point final. De toute façon, le directeur ne l'autorisera jamais. Et oubliez également les travaux retardés de la salle de sport qui n'avaient rien à voir avec la vie du collège. »

« Les élèves ont le droit d'être informés », se révolta Georges.

« Oui à l'information, mais pas de commentaires, pas de parti pris, car je pense que ce sont des sujets à dérapages. Et s'il doit y avoir des débats, c'est sous l'autorité d'abord du directeur », reprit l'enseignant.

Ainsi avait parlé l'autorité des adultes, mettant fin à toute polémique et ramenant les apprentis journalistes à leur condition initiale : celle de collégiens.

Alors qu'un silence d'église s'était installé dans la pièce, Gaby prit la parole :

« Je pense que le sujet le plus intéressant est l'agression de notre camarade Marc. C'est celui qui touchera le plus de monde. »

« Oui, sans aucun doute et c'est tellement dégueulasse ! » appuya Estelle avec fermeté.

« D'accord ! On part là-dessus. Au travail ! » approuva ainsi monsieur Berger sur un ton rassuré.

Rudy s'exprima enfin posément mais avec détermination :

« Il faut d'abord préciser le sens de notre article, établir un plan. Identifier les informations que l'on a, chercher celles que l'on n'a pas, les vérifier. Important : parler de l'impact sur les élèves. »

Toute l'équipe s'activa alors à la manière d'une rédaction d'un véritable journal. Certes, ils n'avaient pas les compétences d'authentiques journalistes, mais leur enthousiasme, leur ardeur et leur fougue palliaient cette insuffisance et ne les rendaient encore que plus méritants. Le séjour, plus habitué à recevoir des repas de famille que des conférences de rédaction, se fit l'écho de toutes ces voix qui semblèrent dans un même élan sonner l'instant de vérité. Leur volonté fut de présenter les faits sans tomber dans le voyeurisme, ni dans le sensationnel : pas de journalisme spectacle. Mais ce qui les motiva le plus fut de poser les questions, celles qui pouvaient amener une explication à cet acte immonde. Ouvrir le débat après avoir exposé les évènements afin que l'enquête ne soit pas abandonnée, ce qui aurait représenté pour eux la plus cruelle des injustices : voilà leur objectif principal. Ces jeunes gens s'avérèrent être de véritables bombes d'investigation dont la matière explosive se composait d'idéaux, d'équité, toujours prêts à se lancer dans des combats homériques pour combattre l'arbitraire, la lâcheté humaine. Leur unique bouclier dans ces batailles inégales était la pureté de leurs convictions, qu'une insouciante témérité ne rendait que plus chevaleresque. Mots après mots, l'article prit de la consistance et passa à la fois du thème de l'interrogation à celui de l'incompréhension pour aboutir à celui de la quête de vérité. Monsieur André estima, pour des impératifs techniques, que le texte n'aurait dû contenir que quatre cents mots, quota qui fut rapidement atteint tant leur inspiration fut féconde. Ensuite, avec l'aide de monsieur Berger, ils travaillèrent le style et la grammaire, exercice obligatoire mais qui ne les enthousiasmait pas. Il était dix-sept heures quand le professeur, après une ultime relecture des articles, conclut la réunion en félicitant la jeune équipe pour son implication et la qualité du travail effectué.

*

En ce jour de rentrée scolaire, la température ne dépassait guère le zéro degré. Le givre enveloppait de son voilage blanc chaque rue, chaque trottoir, chaque toiture, chaque jardin, et avait transformé chaque branche d'arbre en de multiples filaments de verre prêts à étinceler au moindre éclat lumineux. Ce fut au milieu de cette ambiance hiémale que d'innombrables silhouettes sombres, sur lesquelles reflétait une luisance rougeâtre que de minuscules appendices nasaux meurtris de froid laissaient échapper, s'agitèrent frénétiquement au centre de la cour du collège en attendant qu'on daignât les sauver de ces conditions glaciales en les autorisant enfin à pénétrer dans les locaux. Légèrement en retrait, Rudy échangea quelques mots avec un groupe de copains. Il apparut serein, presque joyeux, de cette reprise scolaire. Ce ne fut pas comme les autres fois. Lorsque la sonnerie suraiguë de huit heures retentit et que les élèves se rangèrent par classe, il s'avança discrètement vers son groupe et chercha du regard une personne et une seule.

« Bonjour. Comment vas-tu ? Les vacances se sont bien passées ? »

C'était Anne-Lise qui l'interpellait. Il fut saisi, et d'autant plus qu'il ne l'avait pas vue approcher.

« Oui, oui ! Très bien », marmonna-t-il.

« Tant mieux. Il faut y aller maintenant », répondit-elle.

Puis, très vite, elle disparut dans la foule qui déjà s'engageait vers les entrées, accompagnés par leurs professeurs respectifs. Rudy, un instant interloqué, se mit rapidement en marche à la suite de son groupe et le rattrapa dans le couloir.

Dans la salle de classe, chacune et chacun retrouva sa place d'avant les vacances dans un brouhaha intense mêlé au ramdam des chaises que l'on déplaçait, l'ensemble provoquant un vacarme abrutissant. Bientôt, sur ordre de monsieur Lelong, le professeur de français, le calme revint. Monsieur Lelong était de la catégorie de ces professeurs que l'on ne croise qu'une ou deux fois dans sa vie scolaire. Il parvenait, grâce à sa formidable énergie, son humour fin et communicatif, sa faconde inépuisable, à vous faire aimer la règle grammaticale la plus biscornue. Il vous faisait éclater de rire en analysant un texte de Zola, tout en prenant conscience du message grave et réaliste de l'auteur. Ses élèves ne suivaient pas un cours de français mais assistaient à un spectacle aussi ludique qu'éducatif rendant la littérature accessible à tout un chacun.

La première heure fut donc consacrée à l'étude de quelques règles de conjugaison, suivie de quelques exercices d'orthographe. Puis vint la séance consacrée au théâtre que les élèves appréciaient particulièrement, car sujette à l'épanouissement des talents d'acteur qui se nichent en chaque élève, talent qui ne vaut que par la composition printanière, spontanée et candide de ces comédiens en herbe qui ne le seront que l'espace de ces exercices pratiques.

Monsieur Lelong se leva d'un bond et interpella l'ensemble de la classe :

« Nous allons reprendre l'étude de Cyrano de Bergerac, acte III scènes 5, 6 et 7. Levez le bras celles et ceux qui ont assisté à la soirée théâtre. Voyons : Jacques, Serge, Béatrice, Antoinette … Annie, Roselyne, Patrick et Frank, vous avez déjà joué la dernière fois dans l'acte II. Donc, il ne nous reste plus qu'Anne-Lise qui fera Roxane et Rudy qui sera notre Cyrano, et moi-même, votre serviteur, je serai Christian... Parfait ! J'espère que vous allez nous faire profiter de votre expérience. Allez sur l'estrade... »

Les deux jeunes gens se levèrent doucement et se dirigèrent, leur livre de théâtre à la main, vers la scène improvisée, d'un pas hésitant mais dans un parfais synchronisme, témoignage de leur embarras commun. Planté, presque suspendu au centre de l'estrade, la tête alourdie par une gêne exagérée et largement inclinée vers les planches, Rudy, par des gestes empruntés, tourna et retourna les pages de son livre, faisant mine de chercher une chose dont il ignorait totalement l'existence. Peut-être était-ce là une sorte de concentration singulière ? Évidemment non, ni même une forme de trac mais la réminiscence d'une timidité naissante essentiellement émoustillée par la seule présence d'Anne-Lise, d'autant plus que son rôle dans le personnage de Roxane en accentuait les effets. Le professeur expérimenté prodigua quelques conseils simples sur l'élocution, la gestuelle, usant au passage de quelques bons mots spirituels afin de détendre les deux jeunes adolescents emberlificotés dans leurs nouveaux et inédits statuts de comédiens. Il replaça le contexte de la situation, soulevant quelques rires énigmatiques et quelque peu équivoques de la part d'élèves avides de nouvelles sensations. Puis il se leva de sa chaise d'un bond aussi brusque que spectaculaire, frappa l'estrade d'un violent coup de pied, au risque de fendre le bois défraîchi et poussiéreux, et s'écria :

« Action ! »

« Barthénoide ! Aicandre ! Grémione ! Urimédonte... Adieu… ! » commença Anne-Lise.

« Plus fort, plus haut ! On doit t'entendre du bout du couloir. Reprends ! » s'exclama monsieur Lelong.

La jeune collégienne reprit le cours de la pièce sur un ton moins puissant que souhaité, mais avec une certaine justesse.

« Oui, parlez-moi d'amour. »

« Je t'aime », fit le professeur, alias Christian.

« C'est le thème. Brodez, brodez », poursuivit Anne-Lise.

« Je vous... »

« Brodez ! »

« Je t'aime tant. »

Pendant que les répliques se succédaient avec finesse, Rudy, en l'espace de quelques secondes, se focalisa sur son texte et parvint à faire abstraction de son environnement proche, recentrant son attention sur le phrasé qu'il aurait à employer.

« Au secours ! » continua Christian par la voix de l'enseignant, qui, dans l'instant et d'une voix modérée, poursuivit :

« ... à toi »

« Non, monsieur », reprit Rudy, dorénavant métamorphosé en Cyrano, avant de continuer :

« Et comment puis-je, diantre ! Vous faire à l'instant même, apprendre… ? »

Le jeune comédien profane s'exalta au rythme des dialogues, puis alors qu'Anne-Lise abordait son texte, il leva son regard pour ne voir apparaître face à lui que la douce et inaccessible Roxane.

« Ils trouvent tout de suite ? Oh ! cela va de soi,

Puisque c'est dans mon cœur, eux, que je le reçois ;

Or moi, j'ai le cœur grand, vous, l'oreille petite… » reprit Cyrano par la voix quelque peu chevrotante de Rudy, qui, embobeliné par les paroles de Roxane, le regard happé et emprisonné par les yeux de jade d'Anne-Lise, ne fit plus qu'un avec son personnage, puis continua sur ces mots :

« Certes, ce sentiment

Qui m'envahit, terrible et jaloux, c'est vraiment
De l'amour, il en a toute la fureur triste !
De l'amour, et pourtant il n'est pas égoïste ! »

Jusqu'à la fin de la scène, Rudy fut transporté par le sens des mots et enveloppé par son interprétation, certes parfois embarrassée, mais ô combien loyale et généreuse, affectant ainsi son discernement qui l'abandonnait face au choix cornélien entre la fiction et la réalité. Soudain, alors que l'attention de l'assemblée, élèves comme jeunes acteurs, fut captée par l'action, un cri claqua dans la salle de cours :

« Bravo ! Formidable ! Vous avez répété avant, non ? »

C'était monsieur Lelong qui s'exclamait ainsi avant de chuchoter :

« On aurait presque cru que c'était vrai ! »

Cette dernière remarque suscita quelques rires étouffés et des murmures interrogateurs et fouineurs de la part des jeunes spectateurs, mais le professeur n'en tint pas compte et aborda directement l'étude de cette scène théâtrale.

Abandonnés au beau milieu de l'estrade, les deux collégiens, redevenus Anne-Lise et Rudy, semblèrent absorbés, témoignant une forme d'apathie face au débat qui s'engageait, l'une éprouvant les plus vives difficultés à redescendre de son balcon, l'autre à quitter son uniforme de mousquetaire. Quand leurs camarades se mirent à poser des questions sur leurs sensations personnelles, ils furent bien en peine d'y répondre et d'être objectifs, et ils ne s'en tinrent qu'à des remarques purement techniques, telles que les difficultés de lire et de jouer en même temps ou celles de respecter le rythme du texte selon la musicalité des rimes. De même, un embarras énigmatique put se lire sur leurs visages quand la classe entière s'engagea dans des explications de texte et autres échanges tous azimuts sur les intrigues de cette tragi-comédie, tels que la laideur opposée à la beauté ultime ou celle de l'amitié confrontée aux sentiments amoureux.

Affichant un léger sourire suggestif, monsieur Lelong finit par ressentir la gêne des deux jeunes gens, et ce fut avec beaucoup de délicatesse, de subtilité mêlée d'une pointe de tendresse un brin paternelle, qu'il délivra bientôt les deux jeunes gens en les autorisant à rejoindre leurs places respectives. Ils s'exécutèrent sans plus tarder sous les regards enchantés de leurs compagnons de classe alors que simultanément retentissait dans la salle de cours une salve d'applaudissements amicale et chaleureuse en respect de leur prestation exclusive.

Revenu à sa place, Rudy se sentit de nouveau en sécurité. Il n'était plus exposé ni physiquement ni mentalement à la vue, aux commentaires et aux allusions des autres, ces autres qu'il considéra à cet instant comme étant ni plus ni moins le reste du monde. Puis, à la fin du cours, il se leva tout en rangeant ses fournitures scolaires dans son cartable de cuir noir tout élimé. Il se revêtit de son pardessus bleu marine et reçut au passage quelques frappes amicales sur l'épaule, témoignages amicaux en guise de félicitations de la part de ses copains les plus proches, ce qui eut pour effet, tout de même, d'émoustiller sa fierté.

La journée vit défiler le lent et interminable cortège des matières d'enseignement classique : anglais, histoire et autres mathématiques, avant d'amener l'ensemble des collégiens vers une délivrance attendue symbolisée par le son puissant et libérateur de la sonnerie principale.

Entouré de quelques camarades de sa classe, dont Anne-Lise, Rudy se dirigea vers la sortie où des flots impressionnants et incessants de jeunes exaltés se ruèrent vers les grilles d'accès avec la volonté évidente de s'extirper de l'établissement scolaire, comme convaincus, s'il en était, d'être sous la menace d'un danger imminent, pourtant totalement imaginaire.

Parvenu enfin à l'extérieur, le groupe se dispersa rapidement, à l'exception d'Anne-Lise et de Rudy qui continuèrent à échanger, impavides aux multiples mouvements circulatoires qui s'opéraient autour d'eux et indifférents à l'atmosphère acoustique ambiante abominablement piaillarde.

Leurs échanges gravitaient autour des évènements factuels de la journée. Tout en continuant de bavarder, Anne-Lise reprit subrepticement sa marche en direction de son domicile, sans jamais perdre complètement du regard Rudy : une invitation discrète à l'accompagner. Tout en cheminant côte à côte, leurs corps exagérément espacés, ils n'échangèrent que de furtifs coups d'œil, témoignages incontestables de la pudeur juvénile de leur tempérament. Au fur et à mesure qu'ils s'éloignaient du collège, leur discussion s'orienta inéluctablement vers des domaines plus personnels, à l'antichambre de l'intimité. La jeune fille révéla son adresse, ou plutôt le quartier où elle demeurait sans trop de précisions. Rudy prit cette information comme un renseignement d'une importance majeure, même si ce quartier qui se trouvait à peine à deux kilomètres de son domicile lui était parfaitement inconnu. Il se languissait déjà d'aller le découvrir. L'insignifiance des détails qu'ils échangèrent n'eut d'importance que par l'attirance réciproque de la découverte de leur vie qui commençait. Lentement, insensiblement, ils éprouvèrent le besoin mutuel de se dévoiler. À cet instant, ils venaient tacitement de franchir une étape cruciale de leur relation. Ils continuèrent ainsi à marcher jusqu'au bout de l'avenue puis s'arrêtèrent tout en continuant de bavarder. C'est alors que, au bout de quelques minutes et sur un ton tout penaud, Anne-Lise déclara :

« Bon, il ne faut pas que je m'attarde trop longtemps sinon mes parents vont s'inquiéter. Pas les tiens ? »

« Non, non, je suis assez libre pour ça », répondit fièrement Rudy alors que c'était tout à fait faux, ses parents opérant une étroite surveillance de ses allées et venues, surtout sa mère.

« Eh bien, je vais continuer par-là alors que je pense que toi, tu dois aller de l'autre côté ? » questionna Anne-Lise.

« C'est bien ça. À vrai dire, c'est même complètement dans le sens inverse, mais je peux rattraper mon chemin par ici », dit-il tout en accompagnant ses propos de larges mouvements de bras avant de reprendre :

« Ça te dirait de faire partie de notre équipe au club du journal ? Il nous manque quelqu'un et comme tu es forte en français, tu pourrais nous aider. »

« Pourquoi pas ! Je vais y réfléchir. Je vais en discuter avec ma copine », répliqua-t-elle.

« J'ai passé une très belle journée. À demain et bonne soirée... Roxane », murmura Rudy.

« Merci et à demain « Rudy tout court » ... mais Cyrano quand même ! » poursuivit Anne-Lise alors qu'elle s'éloignait déjà.

Le garçon tourna les talons et engagea son retour d'un pas déterminé vers son domicile, la tête pleine de réjouissances mais l'esprit troublé par la réplique ambiguë de la jeune fille, laissant planer un nuage mystérieux au-dessus de leur relation. L'intellect envahi par la réflexion et l'affect perturbé par l'exaltation, il atteignit très rapidement son domicile qu'il trouva porte close.

Il pénétra chez lui à l'aide de sa clef, se débarrassa de son manteau et entreprit de se rafraîchir le visage. C'est en apercevant une paire de ciseaux à bouts ronds et les restes d'un papier cadeau outrageusement bariolé posés négligemment sur la table de cuisine, qu'il se souvint brusquement que c'était le jour de l'anniversaire de Martha, la voisine qui habitait juste à côté avec son mari Milan et ses quatre enfants. Pour Rudy, cette famille représentait beaucoup plus que des liens de bon voisinage. Elle était le prolongement de l'affection parentale qu'il recevait, la continuité d'une filiation morale qui ne s'explique pas par une définition froide trouvée dans les pages d'un dictionnaire, mais qui s'inscrit comme le relais bienveillant de l'éducation naturelle de ses parents. Cette situation exceptionnelle ne se justifiait pas uniquement par la proximité physique, mais également par une idée commune de l'éducation parentale qu'ils développaient ensemble, basée sur la complicité et le partage, en respectant à la fois une ligne de conduite exemplaire et le pré carré de chaque famille. Pour l'entourage de Rudy, apparentés ou amis proches, un anniversaire était systématiquement l'occasion de se réunir, de se retrouver. Nul besoin de cartons d'invitation ou prise de rendez-vous sur un vulgaire et austère agenda, seule la spontanéité guidée par une amitié sincère entraînait ces personnes à se rassembler dans le but unique de rendre hommage à l'une d'entre elles et de lui témoigner toute l'affection qu'elles lui accordaient. Ces femmes et ces hommes appartenaient à une communauté qui n'avait pas de nom, pas d'idéologie particulière, aucune prétention politique ni religieuse, mais possédait tout simplement des valeurs telles que l'honnêteté dans la fraternisation, la solidarité dans l'adversité et la garantie du respect mutuel pour chacune et chacun d'entre eux. Rudy, après s'être revalorisé en ajustant sa chevelure et en arrangeant *a minima* sa tenue vestimentaire, franchit vélocement la douzaine de mètres qui le séparait de ses voisins, mais put distinguer au passage des éclats de voix, synonymes d'une fête qui commençait. En entrant directement par la cuisine, il tomba nez à nez avec Martha qui s'affairait, aidée en cela par la cousine Edwige, à préparer quelques saucisses cocktail et autres amuse-bouche.

« Bon anniversaire ! » s'exclama-t-il, tout en embrassant Martha avec tendresse.

« Merci mon petit ! Comme t'es gentil », répondit-elle en l'enveloppant affectueusement mais vigoureusement de ses deux bras, tout en prenant soin de pointer vers le plafond ses doigts barbouillés de pâté afin de ne pas tacher sa chemise. L'extraordinaire énergie que libérait cette femme illuminait des yeux accueillants qui lançaient sans cesse des regards d'invitation à la sodalité. Sa chevelure cendrée et subtilement neigeuse imposait, en toute humilité, respectabilité et considération à quiconque croisait son chemin. Ses bras courts et robustes dépassaient tout juste de sa robe croquignolette, et pourtant taillée dans un tissu ordinaire acheté au marché du mercredi, tandis que des mains aux doigts affaiblis par la besogne ménagère semblèrent, par ses mouvements incessants, nous indiquer continuellement une hypothétique direction. Ce fut donc par respect à ce personnage haut en couleur, que tout le monde l'honora en ce jour anniversaire.

« Y a un tabouret en dessous de la table. Prends-le et va te trouver une place », poursuivit Martha, tout en reprenant la préparation de ses toasts.

À peine posté à l'embrasure de la porte qui donnait sur la salle à manger, Rudy fut interpellé par une voix familière.

« Bonjour, mon fils. Dis bonjour à tout le monde, embrasse ta maman avant ! » s'écria sa mère, assise juste à l'entrée. Rudy l'embrassa donc en lui apposant une bise sur sa joue colorée d'un fard agréablement parfumé, puis agita les bras très haut face à l'assistance comme tout signe de salutation. Quelques mains se levèrent çà et là en guise de réponses, accompagnées de quelques répliques inaudibles qu'il considéra comme de parfaits témoignages de bienvenue.

Puis, son tabouret à la main, il se faufila le long du buffet, délivrant au passage quelques tapes amicales sur les épaules d'amis proches, afin de rejoindre Frédéric, David, Jacques et Élisabeth, les enfants de Martha et Milan, puis s'installa à leurs côtés, juste devant la porte donnant accès à la cave. Maintenant correctement assis sur son siège, il entreprit d'identifier chaque personne de l'assemblée, l'ouïe outrageusement sollicitée par l'ambiance sonore. En effet, ce qu'il prit tout abord pour une assourdissante cacophonie n'était en réalité que le résultat de plusieurs discussions en duo, à la musicalité audible mais entremêlées les unes aux autres, elles lui donnaient l'impression d'assister à un concerto de vilebrequins fatigués. D'un regard avisé, Rudy reconnut tous les habitués de ces fêtes familiales et cordiales : la tante Maria et l'oncle Stéphane, les premiers arrivés et les derniers partis, l'oncle Robert toujours assis à bonne distance de sa femme la tante Gisèle qui pouvait bavarder tous azimuts avec la première personne qui s'offrait l'audace de croiser son regard, l'oncle Victor dit « Tito », grand seigneur de l'amabilité, amuseur public numéro un, couronné empereur de la gentillesse par tous les enfants, grâce, notamment, aux ballons de baudruche qu'il leur distribuait généreusement. Il identifia également les cousines : Bénédicte, aussi jolie que fragile, la toujours joyeuse Cathy aux nattes blondes démesurées, la sérieuse Suzie entourée des cousins Paul et Alexandre, les sportifs, ainsi que Loïc, aussi sympathique que râleur, en grande discussion avec Julie, Janine, Frank et René, les amis universels secondés par le beau-frère de service, Jean-Paul, l'éternel gouailleur. Dans cette joyeuse bande, on ne savait plus très bien qui était l'oncle ou la tante de qui, la cousine ou le cousin d'un tel ou d'une telle, mais ce qui était sans équivoque c'est qu'ils étaient toutes et tous liés par une affection réciproque et ancrée naturellement au plus profond d'eux-mêmes. Coupant l'assemblée en deux, une table massive ornée d'une nappe blanche et aux reflets argentés supportait avec courage un assortiment de tasses à café et autres mazagrans encore fumants, une ribambelle de verres de toutes sortes à moitié vides et aux parois maculées d'empreintes de doigts, ainsi qu'une colonie de bouteilles d'eau, de limonade et de vin, sans oublier les incontournables bouteilles de vin mousseux. Parmi cet enchevêtrement de vaisselle, les restes encore appétissants d'un gâteau d'anniversaire aux couleurs alléchantes escorté par deux plats garnis de tartes maison attendaient désespérément preneurs. Alors que Rudy reconnut la mélodie d'une musique folklorique familière qu'un petit tourne-disque s'essoufflait vainement à diffuser, il fut soudainement interpellé par Fréderic :

« Tu veux un morceau de gâteau ou de tarte ? »

« Un petit bout de gâteau avec du chocolat et un verre de limonade. Merci ! » répondit rapidement Rudy car David le questionnait déjà au sujet de sa journée d'école. Rudy et ses amis entrèrent ainsi dans la ronde des conversations tantôt captivantes et passionnantes, parfois banales et assommantes, mais toutes emplies d'énergie positive qui se répandait comme un souffle salvateur dans cette pièce dont les murs semblaient, sous l'effet d'une quelconque diablerie, se repousser sans cesse afin d'accueillir dans les meilleures conditions chaque nouvel arrivant. En effet, toute cette assemblée qui se tenait dans si peu de mètres carrés se souciait peu du confort et de l'exiguïté des lieux, et prouvait, par la même, que le bonheur partagé d'être ensemble se retrouvait plus volontiers dans la richesse d'une communion humaine que dans la grandeur vaniteuse des décors ou autres superflus prétentieux que peut être un bien matériel.

Cela faisait quelques minutes que Rudy bavardait et plaisantait avec les cousines Bénédicte et Suzie qui se trouvaient aux côtés de l'oncle Robert, quand celui-ci lui demanda :

« Je vois que tu rigoles bien avec tes cousines, tu aurais sans doute aimé avoir une sœur ? »

« Comme dit l'adage *: Mieux vaut rester seul que mal accompagné* », répondit Rudy.

« Je te trouve dur », poursuivit l'oncle Robert.

« Non, juste lucide et prémonitoire », rétorqua le jeune homme.

Bientôt, l'heure du dîner ayant sonné, Martha, avec l'aide d'Élisabeth et de Cathy, débarrassa la table d'une partie de la vaisselle souillée, libérant un peu d'espace afin d'y placer des plats en inox chargés de tartines au fromage, jambon, pâté et autres saucissons, le tout disposé sous forme pyramidale, se moquant des principes élémentaires de l'équilibre. À l'invitation de Martha, chacune et chacun se servit à tour de rôle avec calme et retenue, se faisant mille politesses, mais sans flagornerie, tandis que Milan se chargea de servir les différents vins, bières et autres breuvages d'accompagnement souhaités.

Imperceptiblement mais assurément, la joyeuse confusion qui régnait laissa place à un calme tout relatif que des bouches encombrées et chargées entretenaient en laissant échapper des bruissements sourds et étouffés en lieu et place de paroles, et ce malgré l'absorption régulière et modérée de quelques boissons gazeuses, plates ou liquoreuses, qui tentaient vainement de dégager les trachées encombrées. Bientôt, alors que certains satisfaisaient encore leur appétit non assouvi, d'autres reprirent de plus belle leurs diverses discussions et autres bavardages avec un dynamisme retrouvé, après toutefois avoir pris soin de s'être soigneusement nettoyés les doigts et les lèvres avec leur serviette de papier teintée d'un bleu pastel. Alors qu'un sympathique et ordinaire hourvari s'installa de nouveau, Rudy perçut, en provenance de la cuisine, un claquement sec qui lui était familier, puis un second et un troisième… C'étaient les craquements atypiques du soufflet de l'accordéon de son père que celui-ci actionnait après l'avoir laissé dormir un long moment. Immédiatement après, quelques sons graves puis aigus s'échappaient de l'instrument pour former des accords, d'abord disgracieux puis de plus en plus harmonieux. Déjà, quelques têtes aux oreilles exercées se dressèrent et présentèrent de larges sourires rayonnants, témoignages de l'allégresse et d'une certaine forme de béatitude qui gagnaient peu à peu l'assistance. Rudy vit apparaître son père cheminant avec peine et harnaché de cet instrument au poids comparable à celui d'un cheval mort, auquel il s'apprêtait à prodiguer une résurrection mélodieuse. Rapidement, on le fit asseoir en s'assurant qu'il pouvait disposer d'un espace suffisant pour jouer correctement de son instrument. Pendant ce temps, la majorité des hôtes de Martha fit silence par respect, pendant que les autres terminaient leurs discussions à voix basse. Toutes et tous savaient à ce moment-là qu'ils allaient connaître un de ces moments uniques et privilégiés où la promiscuité de leur existence faisait place à la communion chaleureuse de leur amitié, au partage de leur affection commune qu'une émotion fraternelle dominait. Ensemble, et en toute simplicité, ils atteignaient les frontières de la joie.

Voilà ce que représentait un simple instrument de musique, au clavier de bois et de nacre, aux soufflets de carton : un outil fédérateur, presque un concept, ne résonnant qu'aux seuls échos de la douceur de vivre. La mélodie rythmée d'un air folklorique d'Europe de l'Est envahissait la pièce, que déjà des voix chaudes et profondes s'exhalèrent par-ci par-là pour ne former bientôt qu'un chœur universel aux forts accents slaves, prouvant une fois pour toutes les origines lointaines de cette petite communauté. Rudy ressentit jusqu'au plus profond de lui les vibrations harmonieuses de ce concert improvisé, faisant frissonner de contentement chaque centimètre carré de la peau de son corps, submergeant de ravissement la moelle de ses os. Il fixa du regard les mains de son père et s'interrogea une nouvelle fois : comment des doigts dévolus à un travail de force, si trapus et si forts, crevassés et marqués encore de résidus carbonifères, ces doigts autrefois martyrisés par les coups de règle d'un professeur sadique, pouvaient virevolter sur un clavier aux mille touches de nacre, avec une telle dextérité, une telle virtuosité, une telle légèreté, tout en alliant élégance et efficacité, suscitant un émerveillement total des sens, le transportant dans un voyage émotionnel unique ? Enfant, il avait vu ces doigts magiques saouler de rythmes euphoriques des dizaines de danseurs ainsi enivrés de musique, entraînant leurs partenaires dans des danses effrénées, et ce pendant des heures infinies dans une salle des fêtes surchauffée et bienheureuse. Et il avait vu aussi le lendemain d'un mariage ces mêmes doigts boudinés tels des calissons roses, enflés, boursoufflés d'avoir trop joué, pourtant toujours disposés à la moindre sollicitation à égayer de nouveau ses amis et à ravir leurs cœurs. Pendant ce temps, deux couples s'étaient levés, et avec une grande habileté se mirent à valser en rythme sur un espace si étroit qu'ils méritaient, non pas le premier prix de l'élégance mais celui de l'acrobatie. Une chaleureuse ambiance, où les chants parfois ânonnés répondaient à la musique traditionnelle, se propagea parmi l'ensemble des convives, et même si parfois elle gagna en enthousiasme, elle resta toujours mesurée, voire maîtrisée. Vers vingt-trois heures, les premiers convives prirent congé en prenant soin de saluer tout le monde, rituel classique et immanquable, sorte de congratulations mutuelles pour ce remarquable moment passé ensemble, et sans oublier de remercier ardemment les maîtres des lieux tout en se promettant de se revoir rapidement. Après avoir donné un dernier coup de main à la vaisselle, Rudy et ses parents rentrèrent chez eux, laissant Martha et Milan à leur destin, ou plutôt en compagnie de la tante Maria et de l'oncle Stéphane qui étaient toujours attablés, malgré leurs promesses de départ maintes fois répétées.

*

Cela faisait déjà plusieurs semaines que le groupe de journalistes débutants était renforcé par les arrivées d'Anne-Lise et de son amie Annie, apportant par leur fraîcheur d'esprit ainsi que par leur regard novice une nouvelle analyse de l'actualité. La salle dans laquelle l'équipe s'était installée pour travailler éprouvait mille peines à subtiliser la moindre clarté, et ce malgré les efforts de ses larges fenêtres qui tentaient vainement de capter le moindre lux de lumière. À l'extérieur, un ciel pesant étendait ses nuages lourdauds et anthracites, tel un immense dais sombre sur ce collège aux façades égales et blafardes faisant office d'autel au milieu de ce décor noirâtre. Les thèmes du jour abordés étaient tous communs à la vie du collège et de ses élèves, sauf peut-être celui du jeune agressé qui suscitait un peu moins d'attention, à l'exception de celle de Rudy, qui, après avoir eu un entretien avec la victime, soupçonnait celle-ci d'être sur la retenue et de tenir des explications ambiguës, preuve que cette affaire gardait un certain mystère. Cet avis allait toutefois à l'encontre de ses camarades, notamment Estelle et Georges, assez véhéments sur le sujet et qui pensaient, à juste titre, que ce fait divers, dorénavant, ne regardait plus que la police et que l'intéressé souhaitait tout simplement passer à autre chose. Monsieur Berger mit un terme à la discussion et organisa deux groupes de travail : l'un, composé d'Anne-Lise, Estelle et Rudy, qui aurait la tâche de rédiger un article sur un voyage de trois jours en Angleterre organisé par le collège ; l'autre, constitué de Gaby, Annie et Georges, rédigerait un texte sur les championnats interclasses de handball et de football qui débuteront en janvier, ainsi qu'une biographie sur le vainqueur du dernier tournoi d'échecs. Après avoir pris connaissance du programme du voyage, le groupe de Rudy décida de se rendre immédiatement à la bibliothèque qui était au même étage, afin d'y trouver des informations sur les villes étapes qui étaient Canterbury, Londres et Cambridge. Au fil de leurs recherches dans les livres de géographie et en s'attardant sur de magnifiques photos, les trois compères furent tout d'abord séduits par la beauté et le caractère historique des monuments et des lieux à visiter : la cathédrale de Westminster, la tour de Londres, Buckingham Palace, et bien d'autres encore. Rudy, lui, fut charmé par les bâtiments atypiques et par l'ancienneté des bâtiments de l'université de Cambridge ainsi que par la verdure inouïe des pelouses. Tous les trois passèrent très vite de l'épatement au rêve et se projetèrent dans cette excursion fantastique.

« Ça donne vraiment envie d'y aller. Je suis emballée. C'est décidé, j'y vais ! Ça va être chouette. Je vais en parler à mes parents dès ce soir. Et vous ? » déclara Anne-Lise avec engouement.

« Pareil. Voir tout ça en vrai. On y va tous. On va bien s'marrer. Tu sais nager Rudy ? » continua Estelle, amusée et aussi emballée que sa copine.

« Quelle question bête. On va pas y aller à la nage, non ? » plaisanta le jeune garçon, avant de poursuivre sur un ton affirmatif mais légèrement embarrassé tout de même :

« Bien sûr que je vais y aller. Sans problème. »

Évidemment qu'il était enthousiasmé par ce voyage, mais il savait pertinemment que le coût de 350 francs présentait un frein pour le réaliser. Il lui faudrait argumenter très finement auprès de ses parents pour obtenir leur autorisation. Mais la seule idée d'être aux côtés d'Anne-Lise durant trois jours le motivait si fort qu'il avait déjà en tête toute l'argumentation nécessaire pour parvenir à ses fins.

Ensemble, ils se mirent à rédiger quelques lignes usant de qualificatifs de plus en plus incantatoires.

La réunion se finit pratiquement à la fin de l'après-midi, ce qui tomba fort à propos puisque le petit groupe de jeunes journalistes devait se rendre chez une de leur amie, Évelyne, qui les avait invités chez elle pour fêter son anniversaire.

Parvenus au domicile de leur copine en quelques minutes, ils rejoignirent les autres camarades déjà sur place, toutes et tous installés dans une sorte de grand garage très bien agencé, le sol carrelé, les murs isolés, bien éclairé et convenablement chauffé, un endroit idéal pour se retrouver entre jeunes et faire la fête sans adultes. Après avoir pris place autour d'une grande table, on leur offrit gâteaux, tartes et biscuits qu'ils avalèrent, surtout les garçons, avec appétit mais sans goinfreries, l'ensemble accompagné de jus de fruits et autres sodas. Tout d'abord, le ton des conversations, axé uniquement sur le quotidien banal et insipide, était plutôt calme et monocorde. Puis cela s'anima légèrement lorsque certains se mirent à discuter football, d'autres s'en prirent aux parents et leurs inacceptables barrières, atteintes directes à leur liberté fondamentale. Ensuite, au bout de quelques minutes, irrémédiablement, la discussion s'orienta sur ce qui les concernait le plus : le collège, épicentre de leur monde. Au départ tout simplement enjoué et badin, le ton devint de plus en plus animé, attisé par leur implication pleine et entière dans la vie de leur collège. Tressautant sans cesse sur leurs chaises, on ressentait toute l'énergie qui les stimulait, toute la passion qui les enflammait. Cette passion propre à cette unique, éphémère mais immense richesse qu'est la jeunesse que l'on décrie mille fois en la vivant, et pourtant que l'on envie tant une fois passée. Toutes et tous s'insurgeaient contre la discipline froide, stricte et implacable, qu'elle soit scolaire ou familiale. Ils étaient en totale osmose avec cette période de leur vie où tout est sujet à révolte, comme l'ont été leurs parents et grands-parents, comme le seront leurs enfants et petits-enfants. Après avoir exprimé leurs insoumissions, ils revinrent aux fondamentaux de cette soirée : l'amusement et le plaisir, la jouissance instantanée du moment. Dans un premier temps, ils se racontèrent diverses anecdotes croustillantes dont leurs enseignants étaient les principaux acteurs. Puis ils plaisantèrent à leur sujet avec une certaine délicatesse et gentillesse, mais très rapidement ils les charrièrent à qui mieux mieux, sans complaisance ni indulgence : une façon à eux de leur rendre la monnaie de leur pièce. L'atmosphère devint euphorique lorsque Christian se leva pour pasticher l'arrivée en cours du professeur d'histoire-géographie, la chemise gonflée par un ventre débordant, mais surtout toujours chaussé de ses pantoufles trouées, la figure dessinée d'une moue baveuse, se répétant sans cesse :

« J'ai froid aux pieds ce matin ! J'ai froid aux pieds ce matin ! »

Puis ce fut au tour de Georges de se lancer dans l'imitation du professeur de technologie avec son œil de verre si déroutant que l'on ne savait jamais lorsqu'il se tenait face à vous, si c'était à vous qu'il s'adressait ou à votre voisin, mais qui ne manquait pas l'occasion de vous mettre une baffe si vous pouffiez de rire. Quant à Fabien, il refit la scène dans laquelle il pénétrait dans la classe, la tête renversée complètement en arrière, s'asseyant à sa place habituelle, les yeux dirigés vers le plafond, patientant deux à trois minutes avant que le professeur d'allemand n'intervienne en le questionnant tout en se triturant la barbe avec anxiété :

« Qu'est-ce qu'il vous arrive, Fabien ? »

« J'ai une idée derrière la tête, monsieur », répondit, impassible, le garçon.

« Eh bien, exprimez-vous, nom de Dieu ! » rétorqua l'enseignant, ne comprenant pas tout de suite la subtilité de la situation, avant de beugler, vexé :

« Je vais vous remettre les idées en place, moi ! Interrogation écrite ! »

Chacune et chacun y allait de sa petite histoire, dans une aura de plus en plus euphorique où les rires interminables s'enchaînaient à un rythme infernal, dans un tourbillon de joie spontanée. Cette fine équipe s'était totalement immergée dans la gaieté, le bonheur, se laissant librement entraîner par le plaisir de vivre l'instant présent, guidée uniquement par l'insouciance de l'âge, imperméable à toute négativité. Évelyne, Estelle, Annie et Véronique se levèrent pour danser au rythme d'une musique d'Abba, invitant les autres à les rejoindre, ce qui fut fait immédiatement lorsque la petite chaîne stéréo se mit à jouer un morceau du groupe Status Quo. L'ambiance s'électrisa un tant soit peu, mais se trouva bientôt tempérée par la musique plus douce de quelques slows qui favorisa la formation, en toute innocence, de quelques couples où les approches maladroites prenaient le pas sur les véritables techniques de séduction.

Y avait-il vraiment une volonté de séduire ou n'était-ce qu'une invitation au flirt anodin, un simple jeu de minauderies ?

Rudy, quant à lui, dansa tout d'abord avec Évelyne puis avec Estelle, agissant dans une véritable technique de diversion, intimidé qu'il était à l'idée d'inviter directement Anne-Lise. Après de longues et pataudes hésitations, il se décida tout de même à s'asseoir à ses côtés, emmenant avec lui son encombrante pudeur sans doute issue, d'une part, de son éducation austère, mais pour beaucoup de son tempérament outrancièrement respectueux des caractéristiques de la féminité, celles considérées comme telles et qu'on lui a inculquées dévotement. Se tournant vers la jeune fille, il lui dit crânement mais avec beaucoup de maladresse :

« J'aime pas les slows. Je trouve ça plutôt ringard ! »

« Ah bon ! Pas moi ! Mais, je t'ai vu danser, non ? J'ai même mis un nouveau parfum aujourd'hui », répondit-elle malicieusement.

Rudy reçut trop d'informations en une seule fois. Son cerveau, embué par le trouble qui s'était glissé en lui, mit un certain temps à décrypter le message mais il finit par se lancer :

« Ah, d'accord… Bien sûr ! Tu danses ? »

Ils se retrouvèrent très vite debout, face à face, les regards déviants, les avant-bras d'Anne-Lise reposant sur les épaules de Rudy, tandis que lui avait les mains, ou plutôt trois doigts posés finement sur le dessus de ses hanches, chacun ayant le ventre bien rentré et le bassin positionné légèrement vers l'arrière, évitant de la sorte tout risque de frottements suggestifs. Rudy trembla. Pourtant, malgré cette position d'évitement, il trouva sa partenaire, lui accoutumé aux énormes chocs et tapes dans le dos entre garçons, d'une incroyable légèreté, immatérielle, révélant une certaine fragilité qu'il était entièrement disposé à protéger, quoi qu'il advienne. Ils se laissèrent emmener par la musique, ne se touchant pas mais s'effleurant, ne se voyant pas mais se devinant, n'entrelaçant pas leurs corps mais laissant tout loisir à leur parfum de se confondre. Ils ne se caressèrent que par leurs effluves. Néanmoins, ce fut là leur premier contact physique. Une découverte.

Brusquement, quelqu'un coupa le son de la chaîne stéréo provoquant une vague de contestation. C'était Évelyne qui invitait toute l'équipe à se réunir autour de Gaby et Georges qui avaient sorti leurs guitares pour l'occasion. Élèves assidus de l'école de musique depuis leur plus jeune âge, ces deux-là possédaient un véritable talent à la guitare et s'étaient pris de passion pour le jazz manouche, mais surtout pour le duo de Simon et Garfunkel. Dès les premiers accords, les jeunes gens furent transportés par les douces intonations de la voix de Gaby qui s'accordait parfaitement avec celle de Georges, au ton légèrement brisé, voire fêlé. À en juger par les frénétiques claquements de mains, les reprises en chœur de certains refrains et les échanges de regards chaleureux, l'équipe parvint à une authentique complicité qui, imperceptiblement, les solidarisait les uns aux autres. Entre Anne-Lise et Rudy, assis côte à côte dans un rapprochement de surcroît ordinairement physique, un lien plus intime se tissa insensiblement entre eux, comme purent en témoigner les furtives et discrètes petites œillades qu'ils se lancèrent. Il fut à peine vingt-deux heures quand les parents d'Évelyne, très gentiment, mirent fin à cette remarquable fête, à la désapprobation compréhensive et légèrement railleuse de toutes et tous. Mais très vite, alors que les bises claquèrent et que les serrements de mains se multipliaient, les filles et les garçons se consolèrent en se promettant, la main sur le cœur, de renouveler cette joyeuse expérience, programmant ensemble quelques hypothétiques dates. Le groupe se dispersa de droite à gauche sur les trottoirs humides, avant de se fondre dans la pénombre en laissant échapper quelques chantonnements et rires épars qui s'estompèrent peu à peu.

*

Quatre jours après cette superbe soirée chez Évelyne, Rudy avait encore le cœur à la fête, d'autant plus qu'il venait de passer l'après-midi de ce dimanche à jouer à la belote chez Loïc où l'atmosphère était toujours bon enfant et où l'utilisation d'un vocabulaire très imagé durant les parties était à pleurer de rire. Rentré chez lui, le jeune garçon était occupé à ranger sa chambre et simultanément à préparer son sac d'école pour le lendemain, sans oublier de jeter un dernier coup d'œil sur le cours de science naturelle qu'il s'était astreint à apprendre sur le bout des doigts le matin même.

« Rudy ! Tu peux descendre ! » Il reconnut la voix de son père qui l'appelait du bas de l'escalier.

Étonnant. Ce n'était pas l'heure du repas et d'habitude c'était toujours sa mère qui se chargeait de cette tâche. Quoiqu'il en soit, en une minute, il se retrouva dans la salle à manger. Immédiatement et à peine avait-il mis le pied dans cette pièce qu'il ressentit un malaise. Son père, face à lui, la figure blafarde, lui demanda de s'asseoir en lui présentant une chaise.

« Ton copain Georges est mort », lui lança-t-il d'un trait, sans détour, aussi sec, avant de poursuivre :

« Il s'est suicidé. On l'a retrouvé dans un arbre, à côté du collège. »

« Qu'est-ce que c'est que cette connerie », rétorqua le garçon sur un ton agacé.

« C'est pas une connerie. Tu crois peut-être que je plaisanterais avec un truc comme ça. C'est vrai. C'est l'oncle de Georges qui est venu nous prévenir il y a un quart d'heure. On l'a retrouvé pendu dans un arbre ce matin ... à côté du collège », réaffirma l'homme face à lui.

Rudy ne réagit pas. Il continua de fixer le visage de marbre de la personne qui venait de lui parler et finit par reconnaître son père quand celui-ci se décida à baisser les yeux, honteux peut-être de lui avoir annoncé aussi brutalement une si épouvantable nouvelle. Il détourna alors la tête, attiré par des bruissements sourds, et entraperçut une ombre noyée dans un creux du canapé. Il peina à la reconnaître. C'était sa mère. Le corps plié en deux, secoué par de terribles soubresauts, elle avait la tête entre ses mains : elle sanglotait et semblait déjà porter le deuil. L'adolescent avait le regard fixé vers nulle part, son champ de vision diminuait progressivement, submergé par une irrésistible vague sombre dans laquelle toutes ses illusions plongèrent inexorablement dans un tourbillon délirant avant de disparaître à tout jamais. Ses bras, ses jambes, son corps complet devinrent si lourds qu'il avait l'impression de s'effondrer sur lui-même : il entrait en totale involution. Son être, en tant qu'unité absolue, s'enfouissait dans un maelstrom effroyable où la raison elle-même se perdait, où l'ensemble de ses sens l'abandonnait. Il devina le visage de sa mère au-dessus de lui et remarqua bien les mouvements de ses lèvres, mais ne perçut aucun son. Alors, dans un sursaut il répéta :

« C'est pas possible, c'est pas possible... On a fait la fête ensemble encore chez Évelyne... ça allait. Pas possible… »

« Mon garçon, mon garçon, on est là, avec toi... » reprit sa mère après lui avoir emprisonné la tête entre ses mains glacées. Soudain, le corps de Rudy réagit violemment. Il ressentit une terrible oppression sur sa poitrine, un poids immense l'empêchait de respirer, puis, simultanément, un goût horriblement amer lui remonta du ventre jusqu'à la bouche. Il s'extirpa aussitôt de cette macabre pièce et atteignit le jardin juste à temps pour y vomir toute l'horreur qui jaillissait par flots, noyés dans des odeurs acides abominables.

Les heures qui suivirent furent entrecoupées de brutales phases de révoltes et de longues périodes d'accablement. En effet, Rudy s'agitait parfois soudainement, entrant dans une phase de rébellion durant laquelle il cherchait en vain une raison, une cause, et pourquoi pas un responsable à cette tragédie, et si furieusement que ses parents durent intervenir en le noyant de paroles. Ensuite, n'obtenant aucune réponse ou aucun signe d'explication à cet acte abominable, il retomba dans la plus profonde et sévère prostration. Il reçut la visite de Martha et Frédéric qui, alertés par un voisin, vinrent en fidèles amis lui apporter leur appui spontané pour le soulager. Futile entreprise car rien ni personne, à cet instant, ne pouvait y changer quoi que ce soit, fût-il Dieu en personne. Privé de toute communication, le manque total d'information rendait la situation particulièrement étrange et angoissante, pouvant soulever l'éventualité d'une folle et sadique rumeur.

En fin de soirée, sans avoir eu la force ni le désir de s'alimenter, le jeune garçon se résolut à faire sa toilette. Il remplit l'évier d'une eau glaciale, puis s'en aspergea totalement, n'oubliant aucun centimètre carré de son corps. Il recommença l'exercice, encore et encore, se plongeant la tête entière dans le liquide frigorifié, et ce durant de longues minutes, à se noyer. Cette opération ressemblait fort à une tentative désespérée de se réveiller, de s'extirper du cauchemar horrible dans lequel il était plongé. En vain. Finalement, il se résigna à aller se coucher ou tout au moins à s'allonger. Le corps abandonné dans les draps glacés de son lit, il se repassa les images horribles de cette journée auxquelles il n'y comprenait toujours rien, ouvrit et referma plusieurs fois les yeux, posa en croix les bras sur sa poitrine, rentra la tête dans les épaules à en avaler son menton, relâcha totalement chaque fibre de ses muscles, et finalement pleura. Illusoire libération. La tiédeur des larmes qui gouttèrent sur ses joues ne lui apporta qu'une paix éphémère, mais il ne s'endormit pas : seul son corps s'autorisa, par séries de spasmes, à de courts moments de sommeil qui ressemblèrent plus à des réflexes d'auto-défense naturelle qu'à de réels assoupissements.

*

Le lendemain matin, se violentant le corps et harnaché de douleur, il rampa jusqu'au collège où il retrouva ses amis : Gaby, Estelle, Fabien, Annie et tous les autres, sans oublier Anne-Lise. La première heure de cours fut dirigée par monsieur Lelong, le professeur de français, qui lui-même durement touché par cette disparition, devait faire face aux sanglots persistants d'adolescents en totale perdition, confrontés directement et pour la première fois à un phénomène ultra violent et inconnu pour eux : la mort d'un des leurs dans des conditions aussi dramatiques. Chacune et chacun d'entre eux avaient déjà eu une quelconque confrontation avec la mort puisqu'ils vivaient dans une région trop souvent meurtrie par les nombreuses catastrophes minières, mais cela faisait partie de l'évènementiel et était assez lointain pour eux, une sorte de fatalité. D'autre part, avec le décès d'un grand-père, d'une grand-mère ou d'un vieil oncle, le rapport était certes plus proche, mais demeurait un évènement naturel, logique, respectant le cycle de la vie où les vieux se doivent de mourir avant les jeunes. Cette fois-ci, c'était un des leurs qui disparaissait, un ami, un pote. Anormal. Le suicide de leur copain : acte volontaire pour se donner la mort, leur enlevait tout discernement, tout entendement, il n'y avait aucune explication logique, rationnelle à un tel acte. Donner, c'est faire un cadeau, une offrande, acte dans lequel on devine la notion de plaisir, de bonheur qui s'accompagne de joie et d'allégresse. Comment a-t-il pu se faire plaisir en s'offrant l'ultime châtiment ? La mort n'est-elle pas la pire des catastrophes qui puisse nous arriver ? Incompréhensif, inacceptable.

Bien qu'épaulé par le professeur d'anglais et le proviseur, monsieur Lelong, improvisé psychologue, tenta une exérèse de leur malheur, mais ne put guère faire mieux que de les écouter, et bien que cela resta futile, le minimum fut assuré. Par instant, leurs silences figeaient le temps, le rendant immuable et inaltérable, et pourtant ils résonnaient de leurs questionnements tandis que leurs paroles sonnaient comme un exutoire à leur détresse.

Parfois, dans les intonations de certaines et de certains, on percevait le cri de la révolte légitime qu'une injustice incontestable nourrissait. Point de solution, point de réponse : on ne leur proposait qu'une simple table de classe comme concept expiatoire sur laquelle libre à eux d'y déposer leur peine, leur souffrance, leur hargne, leur écœurement et bien d'autres ressentiments encore. Au cours de la matinée, certains élèves parvinrent à un imperceptible soulagement comme succédané à leur désespérance, mais cela n'était pas le cas pour beaucoup, surtout pour Estelle, Annie, Évelyne, Anne-Lise, Fabien, Gaby, et bien évidemment Rudy. La mort venait de violer leurs vies débutantes avec une grande sauvagerie et une perfide perversité. Vers douze heures, l'équipe des enseignants décida de libérer pour l'après-midi l'ensemble de la classe. Les élèves s'en retournèrent chez eux, les pieds plombés par le tourment.

À peine après avoir franchi le seuil de sa porte, Rudy se retrouva directement face à sa mère, toute chancelante, qui lui opposait son ridicule mètre cinquante-cinq, serrant nerveusement entre ses doigts agités, et tentant maladroitement de le dissimuler, quelque chose de blanc qui ressemblait à un vulgaire morceau de papier. Des marbrures charbonneuses striaient son visage et remontaient jusqu'au front, lui encerclant des yeux décolorés par la tristesse. Une déformation de sa minuscule mâchoire témoignait une terrible angoisse qui suscita chez Rudy un funèbre et mauvais pressentiment. Jamais il ne l'avait vue ainsi, lui présentant une si conséquente vulnérabilité et une si préoccupante fragilité. Petit être chétif, évidé de sa force mentale, au corps ébranlé par la douleur, elle n'était plus que le spectacle miséricordieux mais émouvant d'une mère souffrant pour son enfant. Péniblement, dans un geste lent, presque retenu, elle déplia son bras droit et lui présenta, tenaillée entre son pouce et son index, une lettre.

« Je l'ai trouvée dans la boîte, sans timbre. Hier, c'était dimanche. Le facteur ne passe pas. C'est sûrement lui qui l'a déposée directement dedans. C'est pour toi… » lui dit-elle d'une voix si basse et si empruntée qu'il crut qu'elle s'excusait.

Rudy s'en saisit, se dirigea vers le fond de la cuisine, s'installa sur la chaise en bois, jeta un bref regard interrogatif à sa mère, puis se résolut à lire les mots griffonnés à l'encre violette sur le papier blanc : *Pour toi, Rudy*.

Il reconnut immédiatement l'écriture de Georges. S'ensuivirent quelques longues secondes durant lesquelles il considéra cette écriture fantomatique sur cette missive venue de nulle part. Une peur étrange l'envahit en même temps qu'un courant glacial s'insinuait sournoisement dans sa chair. Puis, maladroitement, avec une certaine brusquerie, il décacheta l'enveloppe, déplia la feuille de papier, et l'écriture arrondie et penchée où certaines lettres se coiffaient d'un petit rameau prouva sans nul doute de l'identité de son auteur : c'était bien celle de Georges, son ami. À la lecture de cette prose fantasmagorique, la réponse à son questionnement lui fut délivrée, dans toute sa tragédie, dans toute sa perfide injustice qu'un convoi de dégoût et d'écœurement ponctué de révolte accompagnait, mais surtout par un horrible sentiment de culpabilité.

Mon ami,

Quand tu liras cette lettre, je serai mort. Sache que Marc n'a jamais été agressé par des inconnus, mais par moi, uniquement moi. Marc et moi avions depuis plusieurs mois une relation amoureuse, et c'était merveilleux. On s'était rencontrés à l'école de musique. Et on se voyait après chaque répétition depuis des mois. Mais, avec le temps, il me disait qu'il avait honte de notre relation et qu'il avait décidé de me quitter parce qu'il avait rencontré une fille. Au cours de notre dernière rencontre, il m'avait menacé de tout raconter et m'avait dit que toute ma vie je ne serais qu'un sale pédé. Alors j'ai craqué et je me suis jeté sur lui pour le frapper. Il a inventé cette histoire d'agression pour me couvrir quand même et pour tourner la page. Mais, ensuite, il y a eu ce journal, cette enquête que j'ai faite avec toi pour justement qu'elle n'aille pas trop loin. Mais toi, entêté que tu es, tu as bien senti qu'il y avait quelque chose de louche là-dessous. Marc commençait à paniquer et toi ça t'encourageait à aller plus loin. Te connaissant, je suis certain que tu aurais été jusqu'au bout. Ne voulant pas que tout le monde le sache, et surtout que mes parents, ma famille, tous mes amis et toi aussi ayez honte de moi, alors je n'ai plus qu'une solution. Je ne me supporte plus, je me déteste, je ne suis qu'un anormal, alors à quoi bon, le monde d'aujourd'hui n'est pas fait pour moi. Je ne t'en veux pas, au contraire, j'aurais même aimé être comme toi, normal. Reste juste et bon, sois un homme bien.

Georges.

Dans une sorte d'illusoire exhortation, Rudy chercha de ses yeux humides le regard de sa mère, puis déposa avec d'infinis égards la lettre sur la table, ultime témoignage de son ami. Celle-ci en fit immédiatement lecture et à son tour s'effondra sur sa chaise, totalement abasourdie. Après deux interminables minutes et brisant le silence cistercien qui inondait la pièce, elle prit la parole :

« Sainte Vierge... Doux Jésus ! C'est incroyable, incroyable... Mon pauvre garçon, pour si peu… Même s'il é ... »

Rudy était fracassé. On venait de lui écrabouiller à coups de masse l'intégralité de son entendement. Il n'était plus qu'une piètre et fragile marionnette aux fils coupés, désarticulée, livrée sans pitié aux féroces vicissitudes de la vie. Les lèvres closes, il geignit en lui toute sa misère. En vingt-quatre heures, il venait de subir deux énormes catastrophes : d'abord une avalanche de pierres lui avait roulé dessus, ensuite ce fut la montagne entière qui s'était effondrée sur le crâne. Il était plongé dans la plus primitive alexithymie.

« Maman, je ne pensais pas à ça... Jamais je ne l'aurais dénoncé... C'était mon ami », bredouilla le jeune garçon.

« Mais bien sûr que c'est pas de ta faute... C'est les gens, la rumeur... Ton père va bientôt rentrer du travail, on décidera de ce qu'il faut faire. Viens dans mes bras », lui répondit sa mère, se ressaisissant soudainement, puisant dans son amour filial toute l'énergie nécessaire pour protéger son fils, tout en recouvrant une certaine lucidité pour user de ses qualités matriarcales afin de s'extirper de cette sombre intrigue. Ils restèrent de longues minutes l'un dans l'autre, non pas comme il y a une quinzaine d'années selon les règles naturelles de la conception, mais cette fois-ci dans une communion sentimentale, s'unissant dans l'adversité avec l'espoir d'avorter de la germination sournoise du malheur.

En milieu d'après-midi, après s'être concertés, Rudy, assisté de sa mère et de son père se rendirent au domicile de Georges où ils remirent la lettre à son frère aîné et à son oncle, les parents, eux, noyés dans le marasme de la douleur, étant incapables de les recevoir. Rudy, parfois bredouillant mais toujours sans ambages et sous les regards protecteurs de ses parents, fournit quelques précisions sur les faits et le déroulement des évènements. Puis au bout de quelques minutes, posant fraternellement sa main sur l'épaule de Rudy, le frère aîné de Georges lui dit :

« Tu n'y es pour rien, c'est pas de ta faute. »

Sommairement soulagée d'avoir apporté une explication, aussi terrible et ahurissante soit-elle aux proches de son ami et sur son acte contre-nature, la petite famille, tout en observant beaucoup de pudeur, se retira et rentra chez elle, unie et solidaire. Ce soir-là, avant de se coucher, Rudy but une légère décoction préparée par sa mère et avala un petit cachet.

*

Durant les deux jours qui suivirent, une étrange atmosphère monta au sein de l'établissement scolaire et de ses élèves et on perçut une sourde indignation, une presque révolte des œillets blancs contre l'intolérance, accompagnée de toute la discrétion et de la décence vis-à-vis de l'évènement tragique. Pas un mot railleur, pas une rumeur narquoise sur les faits n'étaient évoqués, seulement une indignation face à l'injustice et à l'austérité alimentées par notre mémoire sociale. Dans ces conditions, ce vendredi à seize heures, veille des vacances de Noël, le lendemain des obsèques de Georges, alors que devait avoir lieu la surprise-partie organisée par le collège, mais qui tout naturellement fut annulée, Rudy, Gaby, Anne-Lise, Annie, Évelyne, Estelle, l'ensemble de son groupe d'amis décidèrent d'aller déposer une rose blanche sur les lieux du drame afin de s'y recueillir. L'endroit maudit se trouvait en diagonale opposée d'une des grilles d'entrée, à environ deux-cent-cinquante mètres de celle-ci. C'est donc à pied que le petit groupe s'ébranla, le cartable sur l'épaule, leurs frêles et délicates mains tenant d'épineuses fleurs aux pétales blancs qui se balançaient en cadence au rythme de leurs pas réguliers mais hésitants. Parvenue à l'angle du collège, cette petite cohorte emprunta une allée large de cinq à six mètres au moins qui s'enfuyait hors de la ville, rejoignant les champs de la campagne environnante dans l'espoir non avoué d'échapper à ce milieu urbain hostile. Elle était bordée de hauts peupliers, si hauts qu'ils rainuraient le ciel gris de leurs pauvres branchages dégarnis, et si largement qu'ils s'entrelaçaient dans une accolade végétale offrant une protection improvisée aux jeunes gens. Ce fut sur une terre sirupeuse et gluante qu'ils avancèrent cérémonieusement, leurs corps crânement offerts à la cause, leurs têtes aux yeux décidés dignement hautes. À une quinzaine de mètres de l'emplacement fatidique, Rudy, qui se trouvait à l'avant du cortège, remarqua la présence d'une trentaine de silhouettes sombres qui, tout en s'écartant avec égard pour libérer le passage, dévoilèrent à sa vue l'arbre funeste, le bourreau fortuit garni de sa macabre et abominable branche, et au pied duquel on apercevait déjà la présence d'une multitude de bouquets de fleurs aux couleurs réconfortantes déposés là, spontanément. Sur le tronc nervuré étaient cloués deux morceaux de cartons d'une cinquantaine de centimètres de côté, sur lesquels on distinguait deux messages écrits innocemment, mais puissamment à l'encre bleue : « *On ne t'oubliera pas* », « *Pour toi, Georges* ». C'était la première fois que Rudy se rendait sur ces lieux. Une vive émotion l'ébranla. Sa mâchoire inférieure se crispa si fermement qu'il s'en mordit une lèvre. Puis ses doigts fins et d'ordinaire si agiles se raidirent autour de sa rose avec une telle violence qu'il s'enfonça une épine, libérant quelques gouttes de sang maculant de rouge sa peau pubère et neigeuse. Des images lui apparurent par flashs successifs, sordides, insoutenables, celle d'un corps assombri par la mort, sans visage, suspendu, se balançant dans une ronde lugubre, et ce fut au prix d'un effort exceptionnellement résolu, pourtant imperceptible, qu'il les balaya de son esprit.

La troupe d'amis stoppa. On entendit alors, venant de l'arrière, le faible bourdonnement d'une petite colonne qui s'avançait. En effet, des dizaines d'élèves ainsi que quelques professeurs avaient suivi Rudy et ses amis sans qu'ils s'en rendissent compte, bravant les lois élémentaires de l'acoustique. Dans un désordre le mieux organisé qui fut, et dans un calme bouleversant de générosité et regorgeant de solidarité, les élèves, un par un, prirent place de droite à gauche autour de l'arbre symbolique pour ne former bientôt qu'un grandiose cercle d'adolescents, parsemés de quelques adultes compatissants. Cet élan de fraternité et de camaraderie pure enveloppa Rudy d'un réconfort salvateur, et le toucha profondément. Alors que les derniers bruissements et chuintements se turent petit à petit, le jeune garçon sortit de la foule et s'avança, seul, d'un pas lent et intimidé vers le peuplier fatidique, et y déposa dans un geste empli d'eucharistie, sa rose, qui, par la pureté de sa blancheur immaculée sembla éclore à cet instant précis. Puis ce fut autour d'Annie, Anne-Lise, Estelle, Gaby et Christian de venir disposer leur ultime offrande sur le sol de cet espace dédié à la mémoire de leur copain. Enfin, profitant du dernier éclair d'un soleil à l'agonie, tour à tour dans une atmosphère hiératique chaque élève fit de même, toujours avec solennité et respect. Certaines et certains écartèrent soigneusement quelques bouquets pour y placer des bougies et on vit même un professeur y insérer un cahier de musique marqué d'une énorme clef de sol. En cette soirée de décembre, à la vue de cette gigantesque tapisserie de fleurs et de bouquets bariolés, on eut l'impression étrange que le printemps s'était précocement incrusté avec audace, répondant à un élan miséricordieux et secourable, il apporta ainsi son soutien régénérateur aussi surprenant qu'assuré. Alors que le cercle se reforma lentement, Gaby se dégagea des rangs, la guitare à la main, et se mit à jouer les premiers accords d'une chanson de Paul Simon. Ses doigts peinaient à pincer les cordes, empreint d'émotion qu'il était, mais tel un véritable artiste il se ressaisit et se lança dans cette interprétation tout en s'accompagnant de sa voix douce et juste. La mélodie touchante et soyeuse se mêlait aux parfums fleuris-boisés qui se dégageaient de ces centaines de corolles, tandis qu'un léger vent s'insinuant subrepticement dans cette efflorescence naturelle faisait onduler cette draperie insolite de mouvements troublants et saisissants, comparables à celle d'une ultime respiration. Les lueurs vacillantes et chaudes des bougies par leur effet clair-obscur firent dodeliner les silhouettes dans un étrange ballet nocturne et révélèrent, incongrûment, des joues luisantes et humides, trempées par la détresse, tandis que, parti de vagues et timides murmures, un fredonnement sourd et feutré se souleva de l'assemblée et se transforma rapidement en une mélopée poignante. À cet instant, Rudy sentit une main s'insinuer sous son bras droit et agripper son poignet, tandis que des doigts avec une extrême légèreté se posèrent dans le pli de son coude. Il se tourna doucement sur la droite et distingua un visage qui lui sourit tendrement et complaisamment. C'était Anne-Lise. Ils échangèrent un regard détrempé et débordant de complicité. Puis elle appuya affectueusement sa tête sur son épaule, et ils demeurèrent ainsi, dans une union vénielle et fraternelle, donnant à ce moment un éclat d'intemporalité. Quand la nuit étala son ombre basaltique sur cet oppressant tableau et que le silence revint, chaque élève demeura figé, pris dans un recueillement absolu. Puis la foule muette se désagrégea par petits groupes pour disparaître dans l'obscurité. Rudy et ses amis restèrent encore quelques secondes avant de rebrousser chemin vers l'entrée du collège. Là, après un dernier échange très bref, ils se quittèrent, incapables d'exprimer le moindre sentiment. Ce soir-là, cette jeunesse tourna les talons à la Providence et s'en retourna à la vie, emportant avec eux comme unique bagage : l'espoir. C'est alors que dans un élan bienveillant, Anne-Lise interpella Rémi :

« Si tu as besoin de parler, alors je serai toujours là. »

« Merci. »

Ce fut la seule parole qu'il put prononcer avant de rentrer chez lui, traînant son corps alourdi de souffrance, dans lequel un cœur transpercé, dégoulinant de tristesse, peinait à survivre.

*

Rudy s'arrêta juste en face de la barrière, assemblage malicieux de bois et de grillage à poules, qu'il ouvrit d'un simple geste du pouce et de l'index après avoir délicatement retiré le loquet qui garantissait rudimentairement sa fermeture. Il s'avança dans l'allée pavée de briques rouges qui, ainsi disposées, dessinaient une sorte de mosaïque atypique et extraordinairement contemporaine qu'un simple jointoiement de ciment tentait de rendre uniforme. Puis il s'empressa de béquiller sa lourde mobylette, et profitant de cet élan, s'empara de son sac après avoir soigneusement retiré l'extenseur partiellement effiloché qui le maintenait. Dans une foulée aussi alerte qu'agile, il contourna la véranda, conçue sur le haut de petites fenêtres aux vitres fragiles et sur le bas de madriers de sapin enduits récemment d'une peinture vert foncé qui lui donnait un aspect de cabanon forestier pour ermite désœuvré en quête de l'absolue solitude. L'ensemble de cet édifice, à l'aspect éphémère mais à la robustesse dorénavant reconnue, était couvert d'un toit en tôles bitumées qui avaient perdu leur couleur d'encre d'origine pour ne laisser apparaître qu'une invraisemblable teinte pierreuse maculée de taches indéfinissables. Rudy poussa du genou la demi-porte qui se présenta à lui afin de pénétrer à l'intérieur de cette véranda et se trouva face à l'entrée de la cuisine. Déjà, une légère onde parcourut son corps et se transforma en une vague de bien-être dès qu'il franchit la porte et qu'il fit face à sa grand-mère.

« Bonjour, c'est moi ! Je suis venu t'embêter ! » s'exclama-t-il tout en arborant un sourire sincère.

« Mais tu ne m'embêtes jamais », lui répondit-elle avec un accent slave outrageusement prononcé. En effet, malgré quarante-cinq ans de présence en France, elle utilisait largement un vocabulaire issu de la langue polonaise qu'elle ponctuait avec malice de mots français pour prouver de sa bonne intégration, mais qui ressemblait plus à de l'esperanto-franco-polonais qu'au français. D'ailleurs, son effort linguistique ne durait que l'espace de quelques minutes, et très rapidement elle se remettait à parler dans sa langue natale, et c'était tout aussi bien.

Après l'avoir embrassée, Rudy se dévêtit, posa son sac devant la porte de la salle à manger, s'installa sur une des chaises paillées et l'observa. Elle était assise devant l'unique fenêtre de cette pièce, profitant ainsi au maximum de la lumière naturelle qu'un soleil craintif et paresseux comme une couleuvre peinait à délivrer. Ses mains alertes dansaient autour de longues aiguilles à tricoter que des doigts fins et teigneux agrippaient avec assurance, tout en faisant passer, de temps à autre, le fil de laine au-dessus de l'une d'elles dans une époustouflante technique de tricotage avec une dextérité magique et une habilité arachnéenne. L'hiver, durant d'interminables heures et défiant son arthrose chronique, elle créait ainsi des quantités d'œuvres de laine et de mohair aux dessins étonnants et aux couleurs curieusement agencées, que beaucoup vantaient, mais que peu portaient. Tout en poursuivant son ouvrage, elle leva la tête de temps à autre, dévoilant de petits yeux aux reflets azuréens. Ses lèvres affinées gambillaient frénétiquement au rythme des paroles prononcées, et bien qu'elle se tût par moment, elles continuèrent à s'agiter, secouées sans cesse par de compulsifs soubresauts qui trahissaient son impétuosité permanente, signe indiscutable d'un caractère affirmé. Un nez étroit et écourté estampillait un visage à la peau bistre et craquelée, preuve des mille périls qu'elle dut affronter au cours de ses soixante-dix années vécues dans ce siècle parmi les plus cruels de toute l'humanité. Une chevelure crayeuse aux miroitements marguerite, subtilement maintenue par deux peignes ordinaires, s'enroulait autour de cette singulière tête dans un mouvement exclamatif comme pour ponctuer le personnage, ou plutôt son héroïne, dernier lien avec ses lointaines origines, l'ultime racine qui le rattachait à son passé, à son histoire engloutie dans les tréfonds de l'Europe centrale.

« Je vais allumer le poêle de la salle à manger », dit sa grand-mère en se levant de sa chaise pour se diriger promptement vers la porte qui donnait accès à la pièce voisine. Aussitôt à l'ouverture de celle-ci, un courant d'air sibérien pénétra dans la pièce et fut rapidement gobé par la chaleur de la cuisine, mais eut le temps, malgré tout, d'agresser le corps de Rudy qui tressaillit et se recroquevilla sur lui-même dans un réflexe de défense face à cette attaque aussi polaire que soudaine. Resté seul, le jeune homme abandonna son regard sur cet endroit aux effets réconfortants et apaisants. Tout d'abord, il observa l'orgueilleux buffet blanc qui, de ses flancs en chêne, protégeait une verrerie et une vaisselle vieillissantes, trônant dans cette pièce depuis si longtemps qu'il pouvait en écrire l'histoire sans omettre l'infime détail, la moindre anecdote, ni le secret le plus intime. Puis son attention se porta sur la table protégée d'une toile cirée à carreaux bleus, lacérée de toute part, témoignage édifiant de toute l'activité qui s'y passait. On pouvait y voir un cortège d'objets bigarrés : une bouteille d'eau côtoyant une pelote de laine, mais également une boîte à couture s'accordant avec un vase en terre cuite contenant un tournevis, un bol à café en métal beige encore fumant au côté d'un verre à moutarde maculé de petites taches graisseuses, lui-même proche d'une miche de pain transpercée d'un couteau au manche à moitié brisé et posée bizarrement sur une pile de vieux journaux jaunis et maladroitement pliés. Cette table faisait office de bureau, d'établi, de table à repasser, de desserte, mais avant toute chose elle était le véritable autel consacré à la préparation de la cuisine simple et traditionnelle, très souvent imitée et courtisée, et dont chaque bouchée dégustée vous donnait l'impression de savourer un pan de la lointaine Poméranie, puisant son raffinement plus dans l'émotion que dans une complexité pédante des mets. Enfin, Rudy arrêta son observation sur la cuisinière à charbon : élément essentiel de cette maison, véritable centrale thermique à elle seule. Faite d'acier émaillé et de céramique subtilement décorée, elle offrait son ventre pour y cuire tartes et gâteaux, et son échine pour y mijoter l'essentiel des repas. Ainsi, une ribambelle de marmites diaprées, de faitouts en fonte noircie et autres casseroles usagées, aux contenus élégamment colorés, glougloutaient dans un chant feutré et avenant laissant échapper une symphonie de senteurs qui, en s'harmonisant, vous aguichait les papilles à vous ouvrir un appétit aussi large que le gouffre du diable. D'autres cafetières rafistolées et bouilloires centenaires se disputaient âprement le moindre centimètre carré d'acier échauffé.

Au bout de ces longues minutes d'observation, Rudy réagit. Il se redressa, se leva, se transporta dans la salle à manger, posa son sac sur une chaise, l'ouvrit, en sortit tout le contenu, le rangea sur la table, regarda sa montre, et se tournant vers sa grand-mère lui dit d'une voix douce :

« Laisse, je vais terminer. Ne reste pas là, il fait trop froid. »

« J'ai l'habitude, c'est rien. De toute façon, dans une demi-heure il fera bon et c'est tant mieux, car le bonhomme du baromètre est sorti, ça veut dire qu'il va neiger », lui répondit sa grand-mère tout en essuyant ses mains sur son inséparable tablier gris rayé de bleu, aux poches trop larges et continuellement garnies de mouchoirs et de divers chiffons prêts à l'usage.

Dorénavant seul dans cette pièce encore glaciale, le jeune garçon entreprit de charger le poêle de bûchettes aux formes tire-bouchonnées, et de quelques boulets de charbon bien gras et profondément noirs. Puis il s'installa confortablement dans le rocking-chair qui était placé juste en face du convecteur et entreprit la lecture d'un ouvrage de Balzac. À peine eut-il le temps de parcourir quelques pages que déjà son imagination accapara toute son attention et le dérouta des aventures de Julien de Rubempré, ou plus modestement de Julien Chardon. Effectivement, pour Rudy, la lecture d'un simple mot pouvait ouvrir la porte de son imaginaire qui, irrémédiablement, se lançait dans des vagabondages et maraudes fabulatrices des plus rocambolesques, des plus abracadabrantesques, des plus extravagantes, le contraignant à d'incessantes relectures afin de ne pas perdre la trame du roman.

Tantôt immergé dans ses rêveries chimériques, tantôt plongé dans le récit romanesque de sa lecture, son esprit fut bientôt submergé par la vague scélérate de la terrible actualité : le suicide de son ami Georges. Ce furent tout d'abord des images furtives qui lui apparurent, brèves, mais cruellement évocatrices. Ces réminiscences, muettes dans un premier temps, furent inexorablement et impitoyablement accompagnées de paroles qui se mirent à résonner en lui et à bourdonner tel le glas d'une cathédrale qui sonnait cette fois-ci, non pas pour inviter les fidèles à la prière ou pour la béatification d'un saint quelconque, mais pour exhumer d'insoutenables cohortes de souvenirs, ramenant Rudy face à l'insupportable réalité du décès d'un ami. Il comprit que la mort a ceci de particulier, qu'au-delà de son action définitive et violente, elle engendre paradoxalement la naissance du souvenir, celui de l'être perdu, qui se cristallise dans votre mémoire, et que l'on dispense autour de soi, voire aux générations futures, et ce jusqu'à ce que la souvenance du dernier transmetteur ne s'estompe. Elle n'est donc pas un anéantissement total mais une nouvelle vie aux caractéristiques immatérielles. Elle s'oppose ainsi au mépris gorgé d'indifférence qui, lui, éteint toute transmission et endosse par son amnésie et son silence la véritable spécificité remarquable de la fin : l'oubli. Rudy se dit, se redit, que son copain, son ami, vivra, survivra, fabuleusement, longuement, par-dessus et au-delà de sa seule existence, de sa propre destinée.

La scène où il se vit rire aux éclats devant son pote Georges, grimé pour la circonstance en charlot au soir de son quatorzième anniversaire, le fit bondir de son rocking-chair. Il se précipita vers la fenêtre et colla son nez aux vitres glacées dans le vain espoir de s'accrocher à une image extérieure pouvant le réconforter. Il constata qu'il neigeait. En effet, dehors, un léger voile blanchâtre, alimenté en continu par d'incessants tourbillons de gros flocons qu'un vent astucieux déposait de façon vicieuse et méticuleuse en tout point, même ceux les plus inaccessibles, s'étirait sur l'ensemble du décor, lui conférant ainsi un aspect alpestre, une sublimité pour ce paysage d'ordinaire monocorde. La vue de ce spectacle hivernal adoucit son humeur jusqu'alors sinistre et le ragaillardit un tantinet, d'autant plus qu'il songea à Anne-Lise et aux paroles qu'elle lui avait affectueusement soufflées avant de se séparer :

« Si tu as besoin de parler, je serai là. »

Indéniablement, il avait ce besoin de parler, celui que l'on ressent quand notre solitude nous effraie ou que toutes nos propres forces intérieures ne suffisent plus à nous débarrasser de la pression au poids éléphantesque qu'une angoisse endémique exerce sur nous. Mais était-ce une véritable nécessité de se livrer ou le désir de retrouver la jeune fille ?

Nul besoin de réfléchir pour Rudy, la décision était prise : il partit à sa rencontre. Il rangea rapidement son livre, remit de l'ordre dans ses effets personnels, se vêtit de sa gabardine, se coiffa de son bonnet de laine et sortit de la maison sous les protestations judicieuses et appuyées de sa grand-mère conclues par la mémorable et délicieuse remontrance :

« Toi, maboul ! »

Au guidon de sa mobylette pétaradante, il ne se rendit pas compte de la dangerosité de la conduite d'un deux roues sur une chaussée si glissante. C'est après avoir parcouru quatre à cinq kilomètres du trajet qu'il réalisa l'impensable : il ne connaissait pas l'adresse de son amie, seulement son quartier. Qu'importe et au diable neige, vent, verglas ! L'essentiel était qu'il aille à sa rencontre coûte que coûte, même si les chances de la croiser étaient infinitésimales. Parvenu sur les lieux et s'en remettant complètement au hasard, il se mit à arpenter le secteur à faible allure sur les routes désertées de leurs véhicules, aux trottoirs hantés par quelques silhouettes fantomatiques se traînant misérablement et peinant à se maintenir à l'équilibre. Seul son souffle chaud traversant son écharpe et lui couvrant le bas du visage à moitié gelé parvenait à lui prodiguer une chaleur inespérée, alors que ses yeux soumis aux attaques incessantes des flocons devenus d'une extrême agressivité se plissaient au maximum dans un geste quasi réflexe, ne lui laissant qu'une vision *a minima*. Pourtant, dans le crépuscule qui s'était effrontément installé, oscillant de la tête régulièrement mais délicatement de gauche à droite, il parvenait tout de même à entrevoir de ci de là quelques lueurs tièdes s'échappant de fenêtres éclairées, lui subodorant l'éventuelle présence d'Anne-

Lise derrière l'une d'entre-elles. Bien qu'il ne la vît pas, bien qu'il ne lui parlât pas, l'idée seule qu'elle aurait été présente quelque part derrière une de ces portes précautionneusement verrouillées ou sous un de ces toits enneigés, cette idée seule lui apporta un bonheur naïf et sans doute éphémère, mais le plongea dans une douce quiétude. Il était près d'elle. Il était bien. Cela faisait déjà de longues et interminables minutes qu'il sillonnait les rues de ce quartier, l'obligeant même à un arrêt rapide à la pompe à essence utilisant en totalité les deux francs cinquante qu'il trouva au fond de sa poche. Le vent qui jouait outrageusement *fortissimo* jusqu'alors avait dorénavant pris un ton plus morne et plus apaisé, entraînant la chute des flocons dans une danse si lente qu'ils semblèrent valser en couple avec grâce et élégance, avant de se poser avec une telle subtilité et tant de raffinement que l'on put apercevoir leurs cristaux d'argent s'illuminer à la moindre source lumineuse, offrant sur le sol drapé de blanc le spectacle envoûtant d'un scintillant céleste, véritable invitation à la contemplation. Ce fut en passant pour la énième fois devant une attraction foraine, plus précisément un manège d'auto-tamponneuses où seuls quelques courageux égarés, sur une musique explosive de Slade, venaient s'octroyer des sensations fortes en se faisant secouer le cerveau, se donnant l'illusion de la grande aventure, leurs boyaux jouant à la marelle, que Rudy crut reconnaître deux ombres s'éloignant, dont l'une d'entre elle portait une écharpe à la couleur familière. Il s'arrêta brusquement, faillit tomber, mais fut sauvé de la chute par sa jambe droite qui rattrapa le déséquilibre alors que ses bras, le droit poussant le guidon vers l'avant, le gauche le tirant vers l'arrière, redressèrent habilement la roue avant de son vélomoteur. Il fit demi-tour, et tout en roulant au pas sur la gauche de la chaussée, rejoignit les deux silhouettes féminines qui cheminaient innocemment et prudemment sur le trottoir. Avant même d'entrevoir son visage, il était persuadé que c'était Anne-Lise. Bien que ses yeux ne la virent pas, son émoi brusquement exalté et agissant comme un révélateur suprême ne put le trahir : c'était bien elle, sans aucun doute. Les dépassant d'un mètre à peine, il arrêta sa machine, se tourna vers elles et leur dit :

« Bonsoir les filles. »

Les deux jeunes filles, car c'était bien Anne-Lise et sa fidèle amie et complice Annie, continuèrent leur chemin, accélérant même le pas comme pour échapper à une attaque soudaine.

Comprenant la situation et craignant qu'elles ne s'évanouissent au bénéfice de l'obscurité naissante dans le labyrinthe des ruelles attenantes, il s'exclama d'une voix tonitruante :

« C'est moi, Rudy » et répéta : « C'est moi, Rudy. »

Elles stoppèrent net, se retournèrent, penchèrent légèrement la tête vers l'avant, s'octroyèrent quelques secondes de réflexion ou plutôt d'observation durant lesquelles même le silence se tut, et après s'être concertées du regard, Annie s'exclama en s'accompagnant d'un rire spontané et d'une sincère fraîcheur :

« C'est toi, Rudy ? C'est vraiment toi ? Eh bien, c'est la première fois que je vois un bonhomme de neige sur une mobylette ! »

En effet, les faibles protections de laine qui lui emmitouflaient la tête étaient totalement givrées, le rendant complètement méconnaissable, et la surprise de le voir à cet endroit, à cette heure, sous ces conditions dantesques, interloquèrent les filles.

« Mais qu'est-ce que tu fais là ? Tu t'es perdu ou quoi ? » interrogea Annie sur un ton qui manifestait sa grande stupéfaction tout en témoignant une indéniable incrédulité.

« Je passais par-là, car... J'ai été voir un copain... du foot », bafouilla sans vergogne le nouvel apprenti menteur avec une telle maladresse qu'elle le rendait tendrement sympathique et révélait, sans conteste, la véritable raison de sa présence en ces lieux. Tout en retirant son bonnet et en dodelinant des épaules, il reprit :

« Alors, on se promène… ? »

Les adolescentes lui répondirent par un sourire flagorneur mais empreint discrètement d'une moue dubitative, ce qui ne les empêcha pas d'engager une conversation aussi inopinée qu'affable, mais parcourue de quelques relents de gêne que discerna instinctivement Annie, qui ne tarda pas à prendre congé de ses amis, faisant preuve d'une perspective hautement distinguée qui n'a d'égale que sa malice.

Les voilà seuls maintenant, entre la route verglacée et un grand terrain de jeu totalement déserté, sorte d'immense clairière donnant une illusion campagnarde à ce quartier, certainement verte à l'ordinaire, aujourd'hui blanchie par les éléments. Enfin Anne-Lise prit la parole avec un accent un peu taquin :

« Alors ton copain du foot, tu l'as vu ? Ça devait être important... pour sortir de ce temps-là ! »

« Oui, oui... Enfin, non. C'était sur ma route, à vrai dire... » bredouilla Rudy en regardant ses mains qu'il venait de déganter, avant de se lâcher courageusement pour mettre un terme à cette mascarade :

« Tu m'avais dit que si j'avais envie de parler, je pouvais venir te voir. Donc je suis venu pour te parler... et j'avais surtout envie de te voir. »

« Eh bien, maintenant que l'on se voit, allons parler », répondit-elle, tout en désignant du bras un des bancs qui bordait le terrain et qui se trouvait à une quinzaine de mètres. Tout en parcourant cette distance, Rudy se sentit soulagé et assurément ragaillardi : il venait d'avouer qu'elle lui manquait et elle acceptait de lui parler… Extraordinaire aveu ! Heureux de l'exploit fantastique et unique de sa jeune vie qu'il venait de réaliser, il fut pourtant conscient que la distance ainsi parcourue était aussi courte que le chemin qui le séparait de ce fameux banc, car maintenant il fallait lui avouer pourquoi : elle lui manquait. La situation l'égaya autant qu'elle le terrorisa, et en béquillant son vélomoteur afin de gagner quelques précieuses secondes, il tenta de mettre un peu d'ordre dans ses idées. Trop tard. Les voici assis côte à côte, comme au soir de leur première rencontre dans le bus, mais cette fois-ci ce n'était plus le hasard qui se trouvait être le commanditaire mais une volonté commune de se retrouver pour remédier au désir sans doute réciproque de se dévoiler. Aussitôt Rudy entama la conversation :

« J'étais chez ma grand-mère car j'avais besoin d'être seul. Au début, ça allait. Et tout doucement, des images de Georges, le passé... et des questions : pourquoi ça ? Pourquoi je n'ai rien vu ? Pourquoi je n'ai pas pu l'aider ? »

Le jeune homme profondément meurtri s'exprimait par de simples mots, courts mais vifs, par des phrases brusquement écourtées, tout en se posant mille questions. Puis il lui sembla, qu'en un instant, le barrage pourtant coriace de sa pudeur explosait sous la pression pharaonique de son désarroi, libérant dans une vague gigantesque toute la souffrance que la perte d'un ami pouvait contenir, balayant toute retenue, charriant des monceaux de tristesse entremêlés de vive colère contre un indéfinissable responsable.

Anne-Lise le laissa d'abord déverser toute sa détresse, puis peu à peu elle parvint à le rasséréner, le plongeant dans une sérénité retrouvée en s'appuyant sur des paroles ordinaires, aidée en cela par la musicalité de sa voix qui, à elle seule, éteignit l'angoisse de Rudy et l'apaisa définitivement. Il était manifeste dorénavant que ces deux êtres-là entraient dans une réelle union affective. La lune, en petite ingénue qu'elle fut, parvint à écarter quelques opiniâtres nuages pour y infiltrer sa douce luminosité argentée, éclairant en demi-teinte les deux jeunes gens, qui après avoir communié verbalement, semblèrent se rapprocher insensiblement l'un vers l'autre, tandis que quelques flocons égarés tournoyaient autour de leur chevelure brune avant de s'y poser dans un étoilement chatoyant.

La main de Rudy frôla l'avant-bras d'Anne-Lise avant de se poser sur la sienne avec une infinie retenue. Leurs doigts effilés et tremblants s'effleurèrent doucettement. Puis, ce frôlement se cadença dans un mouvement si harmonieux que l'on put deviner celui d'un pianiste terminant *decrescendo* son interprétation, et tant de finesse que l'on crut même entendre le tintement de son piano. Leurs regards fusionnèrent dans l'émeraude de leurs yeux au centre desquels des pupilles dilatées par tant d'émotion s'agitèrent frénétiquement, se cherchant vainement dans le secret espoir de s'accoupler. Leurs visages étaient maintenant si proches l'un de l'autre que leur peau soyeuse et lisse se refléta l'une dans l'autre et se teinta d'un rose si doux qu'il s'en dégageait une fraîcheur aurorale. Leurs lèvres, au dégradé amarante, s'entrouvrirent dans une offrande solennelle pour ne laisser apparaître qu'une fine lueur perlière avant de se toucher, puis de s'unir enfin. Pendant quelques secondes, les deux jeunes gens furent plongés dans une forme d'apnée du bonheur, si profondément qu'ils durent respecter plusieurs paliers pour remonter de ces étranges abysses et de recouvrer un brin de discernement. Ils n'en avaient pas conscience encore mais ce moment unique, d'une façon ou d'une autre, allait conditionner leur vie à tout jamais. Pour eux seuls, égoïstement, en cet instant ils réinventèrent la définition du bonheur, celui qui aurait certainement inspiré Boticelli, tant la pureté de leur union naissante respirait l'allégresse et que les traits de leurs sourires dépeignaient le ravissement. Ils se chuchotèrent tout d'abord des paroles d'amour candides, puis rapidement ils échangèrent une conversation qui respirait la joie, cette joie si simple et pourtant si vitale, celle qu'on leur avait volée ces derniers jours. Leurs voix et leurs rires, bien que feutrés et mesurés, résonnaient à leurs oreilles comme une homélie clamée au cœur d'une chapelle, bien aidés en cela par la neige, qui en étendant son épaisse pèlerine domptait tous les bruits environnants, les laissant plus seuls que jamais au milieu de cet environnement molletonné. Bientôt ils durent faire face à leur première séparation de couple. Déjà une déchirure. Ils se promirent un rendez-vous, car dorénavant ils ne s'en remettraient plus au hasard mais décideraient eux-mêmes de leur destin commun, selon leur propre convenance. Anne-Lise finit par lui communiquer son adresse :

« Tu vois, c'est là », lui indiqua-t-elle de son bras tendu.

Rudy avait dû passer devant une bonne dizaine de fois, mais maintenant, cette maison face à ce banc était devenue pour lui le point zéro, le lieu emblématique de son histoire qui commençait. Derniers mots tendres échangés, puis arriva le moment redouté de se quitter. Les deux jeunes gens furent attristés par cette séparation, mais ô combien joyeux d'avoir vécu un moment si mémorable, et surtout si enthousiastes aux instants formidables qu'ils s'étaient promis de partager ensemble. Après un dernier et discret geste de la main, Anne-Lise s'en retourna chez elle d'un pas plutôt guilleret, tandis que Rudy au guidon de son engin s'élança courageusement sur la route devenue dangereusement verglacée par la température négative.

Arrivé à destination, à l'instant où il entreprit de se dévêtir, il réalisa n'avoir aucun souvenir du trajet pourtant périlleux qu'il venait d'effectuer, pris par une sorte d'amnésie passagère, l'esprit complètement envoûté par les derniers évènements. Une fois à l'intérieur, il fut très vite rattrapé par la réalité. Tout d'abord, il eut l'impression qu'on lui piquetait les doigts, le nez et le haut des cuisses avec des millions d'aiguilles, si fines qu'elles transpercèrent sans pitié la moindre cellule ostéocyte de ses os. Ses joues, son menton et ses lèvres étaient complètement statufiés, aussi durs que du granit, à tel point qu'il ne put avaler la moindre goutte du chocolat chaud qu'on lui offrit. Il lui fallut une heure de patience pour retrouver un peu de ses sensations, et pendant ce temps, il reçut en pleine figure les adjonctions véhémentes et méritées de sa grand-mère qui n'en finissait pas de le houspiller suite à cette sortie périlleuse et téméraire. Mais qu'importe, il était heureux. Après s'être toiletté, il avala une dizaine de piérogis fourrées de chou cuit, puis s'installa devant le poste de télévision. Désintéressé totalement du programme, il fixa simplement la lumière cathodique de l'écran, se laissant transporter par ses rêveries qui, irrémédiablement, le ramenaient à ce banc et à cette indéniable constatation : il était amoureux ! Le jeune adolescent était inondé par une douceur insolite mais agréable, qui pourtant fit écho à une inquiétude étrange, celle que l'on ressentait en s'engageant sur le chemin de l'inconnu, et si énigmatique qu'il nous semblait que l'on ne s'appartenait plus. Malgré tout, il se jeta sur ce bonheur tel un claque-faim sur un quignon de pain. C'est envahi par cet état d'esprit, légèrement teinté d'ambiguïté, qu'il alla se coucher et peina à trouver le sommeil, dans lequel il plongea finalement pour se libérer le corps et l'âme, happés par ses profondeurs obscures et mystérieuses.

*

Chaque saison avait ses fêtes, ses célébrations, ses réjouissances avec leurs codes bien distinctifs, propres à chacune d'entre elles. Chez Rudy, la période de Noël se reconnaissait tout d'abord par l'odorat. En effet, chez lui on se laissait emporter par cet arôme particulier de résineux fraîchement coupé qui vous passait par le nez avant de vous tenailler le cerveau, puis, moins enchanteur, par le relent artificiel qui se dégageait du plastique transparent que sa mère posait au-dessus de sa plus belle nappe blanche et brodée décorant la table de la salle à manger afin de la protéger des débordements de toutes sortes. Ensuite, c'était la vue qui vous émoustillait les méninges par l'explosion de couleurs qui surgissaient du sapin qu'une multitude d'ampoules électriques savamment disposées, illuminaient, sans oublier les conventionnelles boules et autres fanfreluches aux décors atypiques qu'une interminable dragonne de guirlandes rouges et or sublimait. Enfin, moins palpable mais plus subjectif, on y ressentait une atmosphère chaleureuse et jubilatoire, alimentée par les nombreuses visites d'amis et membres de la famille qui se succédaient à un rythme effréné. Malheureusement, cette année-là l'ambiance fut quelque peu altérée, en tout cas plus réservée. Au cours de ces jours particuliers, Anne-Lise et Rudy se revirent deux fois : la première très brièvement mais avec ravissement, la seconde assez longuement. Ce jour-là, le jeune couple décida d'aller se promener sans destination précise, se laissant guider par le hasard. C'est ainsi qu'ils se retrouvèrent au centre de la grande ville voisine. Ils s'attardèrent devant les vitrines et se mêlèrent à cette foule de passants et autres curieux avec la volonté d'afficher crânement leur innocente union face au grand public. Tandis que la ville s'illuminait petit à petit, ils flânèrent ainsi longuement, riant d'un petit rien, s'amusant de tout. C'est en passant devant une agence de voyages qu'ils se remémorèrent leur article sur le voyage en Angleterre et ce thème occupa leur conversation tout le reste de l'après-midi, occultant tous les scintillements et autres strass qui les environnaient, devenant aveugles et sourds au monde conventionnel dans lequel ils baignaient. De retour sur leur banc fétiche, ils n'en finirent pas de se projeter dans cette balade outre-manche, s'imaginant mille péripéties, déambulant sur Piccadilly-Circus, s'émerveillant devant Westminster Abbey, échangeant quelques mots *so british* avec un Bobby ou ironisant sur les qualités gustatives du pudding ou autre jelly anglaise. L'angélisme de leurs rires témoignait de leur état d'esprit bon enfant tandis que leurs yeux reflétaient leurs rêveries attachantes qui s'apparentaient de plus en plus à une grande évasion. C'était la première fois qu'ils se construisaient un avenir commun dans lequel ils allaient partager totalement leur vie durant trois jours : un enchantement dans lequel ils s'abandonnèrent totalement. Ils furent si déterminés à réaliser leurs rêves et si persuadés d'y être, qu'ils ressentirent le vent marin leur souffleter les joues et l'air salin leur brûler les lèvres.

*

L'énorme coup de corne de brume du ferry fit bondir l'ensemble de la petite équipe et sonna enfin le début de ce voyage en Angleterre. Estelle, Annie, Évelyne, Anne-Lise, Gaby et Rudy sautillèrent d'excitation, rebondissant tels des marsupiaux excités sur le pont verni du navire, et offrirent gracieusement leurs figures illuminées et leurs chevelures embroussaillées aux embrassades et halètements de la bise britannique. En abordant dans ce port cerné d'un grandiose cirque de falaises crayeuses coiffées d'un calot herbeux, toutes et tous prirent conscience que ce qui n'était jusqu'à présent qu'une odyssée mille fois rêvée se transformait tout à coup en une aventure bien réelle. Ils rejoignirent dans l'autocar le reste de la troupe composée d'une quarantaine d'élèves et d'accompagnateurs aussi excités qu'eux. Ils devaient tout d'abord se rendre à Canterbury pour y visiter la cathédrale, y déjeuner avant de prendre la route pour la capitale, Londres. Pour ces apprentis aventuriers, leurs nez trop parfaits et leurs fronts lisses littéralement scotchés sur les vitres tachées du bus, tout ce qui leur parvint de l'extérieur fut prétexte à émerveillement : ici un chapeau melon, là une enseigne écrite en anglais, ou encore un vieux chien à poils longs aux aboiements étouffés se soulageant sur un réverbère, absolument tout, même le fait de rouler à gauche suscita leurs ébahissements. Arrivé à Canterbury, face à la monumentale cathédrale, Rudy fut stupéfait par la démesure de cet édifice, mais surtout admiratif de ces hommes des onzième et douzième siècles qui furent en capacité technique de créer une telle œuvre, où le gigantisme s'harmonisait autant avec la minutie et le raffinement en utilisant la pierre comme unique matériau. À l'intérieur, l'immensité des lieux l'étourdit et il laissa ses yeux se promener tout autour de la nef, dévorant d'admiration toutes ses richesses artistiques. Il fut si troublé par cette beauté qu'il peinait à se concentrer sur un détail plutôt que sur un autre, et ce n'est qu'au terme de quelques minutes qu'il s'accrocha à un des professeurs qui, improvisé guide, tenta de lui fournir des explications historiques et architecturales. Par la suite, les muscles du cou engourdis d'avoir trop contemplé, il retrouva sur le parvis ses amis et leur déballa son éblouissement en une bordée de mots jalonnés d'adjectifs des plus extravagants. Dans une auberge voisine, ils prirent un déjeuner au menu typiquement anglais, ce qui leur donna matière aux plaisanteries faciles et autres gausseries bien méritées. Après une balade dans le vieux bourg, bravant les pavés dégingandés et écurés par une bruine tenace, la visite de quelques maisons à colombages les plongea dans l'époque moyenâgeuse, et ils quittèrent finalement cette ville atypique en direction de la capitale, plus précisément pour la Tour de Londres, qu'ils atteignirent deux heures plus tard. Face à cette bâtisse massive et trapue aux couleurs ocre clair, voilées d'ombres brunes, ils eurent l'impression d'être toujours immergés dans le Moyen Âge, si bien qu'ils s'attendirent à voir surgir à tout moment, par-delà les créneaux de ses hautes tours, une quelconque soldatesque intemporelle armée de lances et d'arbalètes. Mais ce jour-là, on ne leur proposa qu'une visite académique et classique des joyaux de la couronne britannique, jalousement gardés entre ces murs médiévaux. Devant les vitrines chichement garnies, colliers et autres bagues parés des plus belles pierres précieuses et perles remarquables, n'intéressèrent qu'à moitié Rudy qui, quoique conscient de la qualité des ouvrages, était chagriné par l'aspect dispendieux et coûteux de ces pièces uniques alors que la population de l'époque crevait la misère. Point de vue partagé par une partie des élèves qui furent plus captivés quand le guide évoqua le rôle stratégique et politique de cet ancien château fort et lorsqu'il retraça les quelques évènements importants qui s'y déroulèrent, notamment sur le supplice d'une bonne centaine de personnages historiques qui y laissèrent leur tête. À la fin de cette visite homérique, ils se dirigèrent à pied vers Tower Bridge qui se trouvait à deux pas de là. Les deux tours colossales de ce pont étaient figées dans un ambre crépusculaire et son éclairage déchirant avec peine l'enveloppe brumeuse lui donnait une volupté particulière en lui prodiguant un aspect fantasmagorique et excessivement suranné, alors qu'il n'était pas encore centenaire. Le corps audacieusement penché par-dessus le garde-corps, mais les mains sérieusement agrippées à la rampe, Rudy se délecta de cette Tamise qui rebondissait d'une berge à l'autre, poussée par un courant opiniâtre dont les eaux grège et marron se ridaient sous l'effet d'un vent obstiné, et sur laquelle les lumières électriques des immeubles environnants se reflétaient, mouchetant ce fleuve légendaire d'innombrables miroitements jaunis et louvoyants. Sur les injonctions d'un accompagnateur, l'équipe prit la direction de son hôtel et s'engouffra pour cela dans une bouche de métro : encore une première ! Juchés sur un antique escalator en bois, les jambes flageolantes à la recherche d'un équilibre rassurant, les jeunes gens descendirent avec une certaine anxiété dans les tréfonds de cette ville. Les bruits mécaniques, le grondement de la foule en marche, les odeurs mêlées de ménagerie et d'huile usagée qui s'y dégageaient, l'étroitesse des galeries aux voûtes menaçantes, le quai étroit et encombré les laissèrent muets d'inquiétude compréhensible. Puis, à peine installés dans la rame vétuste, ballottés en tous sens par les mouvements rugueux, agressés par le vacarme ferreux de ce train caverneux, ils reprirent confiance, s'imaginant naïvement participer à un tour de chenille, manège prisé et incontournable de leurs fêtes foraines. Cinq stations plus loin, le cerveau encore à l'envers, ils s'extirpèrent de ce monde des talpidés et rejoignirent avec soulagement l'univers réconfortant de la civilisation. Après avoir récupéré leurs valises dans le ventre de l'autobus, ils pénétrèrent dans le hall de l'hôtel, où ils furent giflés par l'éclat de la décoration. Face à eux s'ouvrait une vaste salle de restauration aux chaises dodues s'enroulant autour de tables nappées d'un linge brodé, toutes bardées de vaisselle royale et de couverts étincelants. Sur la droite se révélait un immense salon de détente, parsemé de fauteuils capiteux et de banquettes accueillantes, barré sur le fond par un immense bar décoré d'acajou et de bronze et équipé de nombreuses étagères de verres, chacune d'elles garnie d'une ribambelle de bouteilles liquoreuses prêtes à enivrer une armée de cosaques. Sur leur gauche se trouvaient trois ascenseurs qu'ils empruntèrent pour rejoindre leur chambre individuelle après avoir pris possession de leur clef. Un peu perdu dans un premier temps, Rudy finit par s'en remettre à l'affichage, et c'est en errant longuement dans un interminable couloir aux murs agrémentés d'appliques aux lueurs avantageuses et au sol intelligemment recouvert d'une épaisse moquette afin de feutrer toutes déambulations, alliée circonstanciée de la discrétion, qu'il parvint à sa chambre : la 424. Une fois à l'intérieur, il apprécia l'ameublement, pratique et coquet à la fois, astucieusement agencé dans quelques mètres carrés. Il posa son sac sur l'unique chaise et se dirigea vers la fenêtre qui lui offrit une vue où une féerie de chatoiements lumineux se dispensait en corolles chamarrées narguant l'obscurité sépulcrale du ciel londonien. Satisfait mais non rassasié de ce spectacle artificiel, il se rafraîchit, rangea ses effets personnels et descendit rejoindre ses amis au restaurant de l'hôtel. Trop occupé à se raconter leur fabuleuse première journée, personne ne remarqua la couleur vert fluo des petits pois qu'on leur servit, ni même le goût étrangement amer de la sauce gluante accompagnant la volaille ; en revanche, ils furent toutes et tous enorgueillis par la tenue cérémoniale des serveurs avec leurs extravagants nœuds papillon et par leur service sophistiqué. À la fin du dîner, le groupe se sépara. Fatiguées et éreintées, Anne-Lise, Annie et Évelyne décidèrent d'aller sagement prendre un repos mérité, tandis que Gaby et Estelle décidèrent Rudy à les accompagner au salon. Confortablement lové dans les canapés, le trio s'accorda un soda comme rafraîchissement. Très vite, Estelle et Gaby, aidées par leur aisance à parler anglais, sympathisèrent avec un groupe de jeunes touristes qui les invita à partager leur tafia.

Il s'ensuivit une discussion où les rires excessifs et braillards prirent rapidement le dessus, où les verres d'alcool se vidèrent rondement, mais n'y tenant plus, étourdi par la fumée et les vapeurs éthyliques, mal à l'aise avec ces inconnus émoustillés et surtout fatigué par le voyage, Rudy termina son soda attiédi et prit congé de la compagnie, les laissant à leur ribouldingue qui s'annonçait.

« Tu nous laisses ? Attends, je te suis », lança Estelle en s'extirpant avec difficulté de la banquette dans laquelle elle était littéralement engloutie.

Arrivés à leur étage, elle demanda à Rudy :

« Tu peux venir voir ma fenêtre, j'ai du mal à l'ouvrir ? »

Ronchonnant, mais serviable, le jeune garçon accepta et, à peine entré dans la chambre, s'activa sur cette maudite fenêtre qui effectivement coinçait un peu, tandis qu'Estelle se répandit en clabaudages éloquents sur les sites remarquables visités ces dernières heures avant de, sur un ton plus adouci, orienter ses propos sur leur amitié commune. Le bricolage achevé, Rudy se retourna. Estelle était assise sur le lit, les jambes croisées, les mains jointes posées sur les genoux, le haut du corps et la tête marqués par l'ombre du rideau de la fenêtre d'où parvenait la seule clarté de la pièce. Malgré tout, il put distinguer son sourire espiègle lui griffant le visage ainsi que son regard équivoque l'invitant à la rejoindre à ses côtés. D'une voix moelleuse, elle retraça toute la complicité commune qui les liait, la proximité de leurs idéaux. Puis, sur un timbre de plus en plus liquoreux, se lança :

« Tu sais Rudy, j'ai toujours rêvé de ce voyage… Londres, ses monuments, ce superbe hôtel, et pour qu'il soit encore plus extraordinaire, j'aimerais ajouter quelque chose d'unique dans ce rêve, un moment vraiment unique et important pour une fille... Ce soir, c'est... »

Estelle tendit son corps vers Rudy, et il put alors, par l'entrebâillement du chemisier subtilement dégrafé, entrevoir la fine dentelle blanche de son soutien-gorge retenant une poitrine rebondie et offerte. Avec cette sensuelle vision, le jeune garçon sentit un désir soudain et irrépressible le submerger. La main gauche de la jeune fille s'aventurant sur sa cuisse tendue accentua la tentation qui devint encore plus irréfrénable, décuplant les effets de l'ardente chaleur qui s'insinuait en lui. Il ne perçut bientôt plus que la clarté voluptueuse de son regard provocant au milieu de la pénombre ambiante. Soudainement, elle lança son bras au-dessus de l'épaule de Rudy et l'attira sur elle, plaquant ses lèvres empressées sur celle du garçon, se renversant ensemble sur le lit où leurs deux corps maladroitement noués rebondirent sur le matelas laineux. Elle saisit très vite sa main droite et la plaqua sur sa poitrine gonflée et avide de caresses. Rudy sentit la rondeur de son sein et de son éminence durcie qui pointait, tandis qu'une cuisse pulpeuse de la jeune fille frotta son entrejambe. Puis, en une seconde, Rudy s'extirpa de cette étreinte brutale et se remit debout. Tout à coup la pièce sonna creux. Bientôt, seul le sifflement de leurs respirations troublées dérangea le silence. Ils n'osèrent se regarder, l'un dressé sur ses jambes raidies, droit comme un arbre, l'autre toujours allongée dans les draps complices, la tête renversée sur le côté, déjà honteuse. Enfin, Rudy tournant son visage encore empourpré vers Estelle lui lança :

« Tu as trop bu ce soir... Nous sommes copains, amis... C'est bien non ? Tes rêves ne sont pas les miens, j'en ai d'autres... Et tu le sais bien. »

« Excuse-moi... J'étais dans mon monde, dans un film... Surtout... » bredouilla l'adolescente.

« Surtout je ne dirai rien... À personne, à personne… Il ne s'est rien passé ce soir, rien, absolument rien. Maintenant, couche-toi, dors et oublie. Demain est un nouveau jour », répliqua Rudy. Il se dirigea directement vers la porte, l'ouvrit et se retournant une dernière fois vers Estelle en répétant :

« Il ne s'est rien passé ce soir... Rien. »

Le jeune garçon fit quelques pas dans le couloir désert, se plaqua dos au mur, les bras tendus vers le sol, la paume des mains vissée sur la cloison, le menton lui relevant la tête à lui briser le cou, et il respira profondément. Il demeura ainsi quelques instants, complètement interdit et stupéfait, quand un besoin, ou plutôt une envie, une fulgurance, mieux encore, une évidence lui vint à l'esprit, ou plutôt une authentique et unique certitude : celle qui vous vient en une seule fois de votre âme et que vos sentiments garantissent, celle qu'une destinée humaine ne réserve que très rarement, celle qui vous convainc définitivement, celle qui affermit votre raison et exalte vos sens.

En deux temps trois mouvements il fut face à la porte de la chambre d'Anne-Lise. Il toqua avec détermination une première puis une seconde fois. Il perçut tout d'abord un bruissement, puis l'écho d'un mouvement, et enfin une voix étouffée, un quasi-soupir, émergea du silence :

« Qui est-ce ? »

« C'est Rudy. Ouvre-moi s'il te plaît. S'il te plaît ! » supplia-t-il.

La porte s'ouvrit. Une tête étonnée au front chiffonné et aux yeux ébahis apparut.

« Rudy... Qu'est-ce qui se passe ? Qu'est-ce que tu veux ? » questionna-t-elle, avant de reprendre, l'effet de surprise passé, sur un ton ferme et dissuasif :

« Non, pas question que tu rentres... Il est tard, va te cou... »

Rudy, dans un geste d'une grande délicatesse posa son doigt sur la bouche d'Anne-Lise et reprit :

« Chuuut... Rassure-toi, je ne vais pas entrer... Écoute-moi seulement, s'il te plaît. Rien que deux secondes ! Je voulais juste te dire... parce que j'en suis sûr maintenant… mais vraiment sûr… Je t'aime. »

« Ah… ! Étonnant... Enfin, je veux dire... cette visite… Mais je le savais ! Et maintenant je le sais encore un peu plus, même beaucoup plus », lui répondit-elle en lui offrant un sourire tendre et comblé, et réellement stupéfaite par cette déclaration inattendue.

« Alors rendors-toi maintenant et penses-y. Pense à nous. À demain… », conclut le jeune homme.

Rudy rejoignit sa chambre où il se laissa tomber sur le lit non défait. Le regard égaré, il resta ainsi de longues minutes, conforté et heureux. Il venait de remporter une bataille, celle contre un ennemi pernicieux : le désir, celui qui se masque parfois sournoisement en amour tout en utilisant les armes de la tentation naturelle pour assouvir fourbement ses desseins, celui qui, répondant aux règles d'une sacro-sainte virilité, assure être votre bon conseilleur. Son amour à lui venait de terrasser cette perfidie, et c'est sereinement et avec bonhomie qu'il s'endormit.

Le lendemain matin, Rudy, face au buffet du petit déjeuner, vit s'approcher de lui Estelle, serrant fébrilement un plateau entre les mains.

« Bonjour Rudy », dit timidement la jeune fille.

« Bonjour Estelle », répondit-il simplement.

« Ça va, tu me dis quand même bonjour... Je... Je m'excuse encore pour ce qui s'est passé hier soir... ça n'était pas moi... J'avais trop bu, excuse-moi s'il te plaît », marmonna-t-elle, visiblement troublée.

« Écoute-moi, Estelle : ce qui s'est passé hier soir, je l'ai déjà oublié, et toi, à partir de cette seconde, tu vas en faire autant. On reprend là où rien n'aurait dû se passer, et rassure-toi, je ne dirai rien à personne, je dis bien « à personne » ! Reprends-toi maintenant et on continue. Allez, viens manger avec nous », déclara Rudy d'une voix rassurante et convaincante.

Il chargea ensuite son assiette d'œufs sur le plat, beaucoup d'œufs, de tranches de bacon grillé, beaucoup de bacon, de pain, beaucoup de pain, et au passage il se servit un grand bol de café au lait et alla rejoindre gaillardement la fine équipe, suivi d'Estelle. Il posa son pesant plateau et s'installa à côté d'Anne-

Lise, avec qui il échangea un doux et complice regard, aux yeux grands ouverts, comme une offrande qu'ils se faisaient l'un à l'autre.

« Bonjour tout le monde, la forme ? » lança-t-il avec un généreux sourire.

« Tu vas manger tout ça ? » s'étonna Anne-Lise.

« Oui, tout ça… Parce que j'ai faim... très très très faim ! » répondit l'adolescent.

« C'est sûr... ça creuse beaucoup... hein ! » insinua la malicieuse Évelyne.

« Eh oui... ça creuse... ça creuse beaucoup... Les voyages, ça ne fait pas que former la jeunesse ! » répliqua Rudy avant d'avaler son petit déjeuner avec un appétit pantagruélique.

Le programme de la seconde journée étant très chargé, les accompagnateurs encouragèrent l'ensemble du groupe à se hâter afin de respecter le programme et son minutage très serré.

Ils prirent tout d'abord le métro jusqu'à Victoria Station. Ensuite, ils se dirigèrent vers Buckingham Palace où ils furent époustouflés par l'immensité de ce palais aux dorures pimpantes, mais surtout estomaqués par le cérémonial de la relève de la garde exécuté par des soldats, à la démarche mécanique et flegmatique, vêtus d'uniformes bigarrés mitraillés de riches boutons, où le rouge criard s'affranchissait du noir, et coiffés de gargantuesques chapeaux à poil. De là, ils traversèrent St James Park, où, profitant d'une petite pause, ils purent admirer le décor bucolique de l'endroit, bien qu'Anne-Lise et Rudy convinrent que les bancs de ce parc, aussi magnifiques soient-ils, ne valaient pas celui de leur première rencontre. Entraînés par leur élan, ils passèrent devant le 10 Downing Street, avant de se diriger, toujours à pied, vers la chambre des lords, autre lieu de pouvoir, où ils reçurent un exposé circonstancié d'un des professeurs. C'est en contournant Big Ben que les élèves réalisèrent qu'ils se trouvèrent au cœur de la société anglaise, et c'est au pied de ce monument emblématique que leur voyage prenait tout son sens. C'est avec soulagement qu'ils allèrent déjeuner dans un simple restaurant où l'arrière-salle leur était réservée. Le milieu d'après-midi fut consacré à la visite de Westminster Abbaye, haut lieu de l'Église anglicane, où leur attention sembla plus altérée, malgré le discours instructif et persuasif du guide local. Puis, comme une délivrance, les accompagnateurs déclarèrent l'après-midi shopping ouverte, et on les guida vers un grand magasin londonien. Dans cette immensité commerciale, le souffle vampirisant de la chaleur, les lueurs belliqueuses des luminaires, la file des rayons vomissant leur camelote éclectique, enivrèrent Rudy, finissant par l'exacerber, et ce fut, suivi par Anne-Lise, qu'ils sortirent déambuler dans les rues adjacentes où ils purent profiter d'un air salvateur et des vitrines plus sympathiques. Tout à sa joie et enfin seul sur le pavé londonien, le jeune couple dévoua ces moments au plaisir d'être ensemble, et le seul fait de se tenir la main consacra leur union. Immergé parmi ces milliers et milliers d'étrangers, l'usage de leur langue allochtone leur donnait la sensation d'être uniques et libres, de pouvoir s'exprimer haut et fort sans limites. Même si cela fut à mille lieux d'être une évidence, la foule insolente de curiosité sembla les observer et tous ces regards braqués sur eux décuplèrent leur gaieté commune et encouragèrent leur bonheur juvénile.

Dans la soirée, après un dîner à l'hôtel tout aussi protocolaire que la veille, toutes et tous embarquèrent à bord de l'autocar pour une dernière visite de Londres, nocturne cette fois, avant de regagner leurs chambres respectives pour un sommeil bienheureux.

Le lendemain, à potron-minet, toute l'équipe prit la route pour Cambridge, ultime étape de leurs déambulations britanniques. Les voici de nouveau plongés au sein d'un site illustre, autant par l'architecture homérique que par le symbole culturel qu'il représente. Rudy tomba presque en pâmoison devant la beauté des pelouses qui bordaient les différents collèges et se questionna longuement sur la nature de cette verdure si raffinée, sur la finesse de ce gazon égal et sur ces bandes rectilignes qui se croisaient au millimètre dessinant des quadratures aussi parfaites. Parvenus à l'intérieur des bâtiments ancestraux, les collégiens parcoururent les couloirs et autres salles d'éducation où la culture anglaise, voire universelle, se développait depuis des siècles. Puis ils se rendirent dans une auberge datant du quinzième siècle pour y prendre un dernier repas à la mode anglaise. L'heure du départ approchant, la balade de l'après-midi en centre-ville et le long des canaux se fit dans une ambiance beaucoup plus feutrée, où les commentaires s'atténuaient, où l'enthousiasme céda la place à une forme de nostalgie. C'est dans ces conditions que les accompagnateurs et les élèves se résignèrent à monter dans le bus, la tête basse, mais débordant de souvenirs. Étonnamment, dès les premiers kilomètres, les jeunes gens retrouvèrent une certaine gaieté et allégresse, certainement encouragés par l'idée de retrouver leur pays et les leurs, et se racontèrent déjà les mille péripéties qu'ils avaient vécues. Il faisait déjà nuit noire lorsqu'ils embarquèrent sur le ferry où ils furent enchantés de déguster un méga steak frites.

Pendant l'ultime étape vers chez eux, toutes et tous furent terrassés par la fatigue du voyage et d'avoir trop parlé. Seuls quelques murmures et chuchotements parasitèrent le silence mortifère qui plomba l'atmosphère de ce bus, qu'une lumière affaiblie légèrement opaline rendit un peu plus étrange et surréaliste. Anne-Lise et Rudy, noués l'un à l'autre sur leur banquette de velours, ne se parlèrent plus. Ils se comprenaient. Parfois, une zébrure flashante venue de l'extérieur illuminait leurs yeux, reflétant toute leur sérénité et toute leur joie commune. Épisodiquement, leurs lèvres sèches et légèrement entrouvertes laissaient échapper quelques murmures prometteurs évoquant leurs lendemains, pourtant si hypothétiques. Ils se retrouvèrent ainsi, comme au premier soir de leur rencontre, dans un bus, non plus assis pudiquement l'une près de l'autre, mais cette fois-ci entrelacés, unis dans une communion amoureuse immuable.

Quelques minutes après minuit, ils arrivèrent au terme de ce voyage mémorable. Anne-Lise et Rudy, après de longues secondes d'hésitations, se résolurent enfin à descendre de cet autocar, tentant vainement de prolonger au maximum ce moment fabuleux. Malgré tout, conscients de la chance d'avoir vécu une expérience rare et confiants dans la puissance de leurs sentiments, les deux jeunes gens se séparèrent radieux et sereins, Anne-Lise plongeant dans la GS blanche qui l'attendait, Rudy reprenant seul le chemin de chez lui.

*

La fin d'année scolaire se rapprochant, Rudy consacra une grande partie de son temps libre aux révisions en s'appuyant sur les conseils de ses professeurs, mais également en partageant ses connaissances avec ses amis en organisant des réunions, soit au collège, soit chez l'un d'entre eux, ou simplement à l'extérieur. Ce fut le cas en cette brûlante et orageuse après-midi printanière, où Annick, Loïc, Michel, Estelle, Évelyne, Gaby et Rudy se retrouvèrent dans cette petite clairière au milieu d'un bois, pas très éloigné de la ville, très facile d'accès à vélo. Au pied d'un arbre s'efforçant d'étendre son abondante tignasse verte vers l'azur, une couverture de laine, étendue sur l'herbe rase et sur laquelle étaient disposés cahiers, classeurs, stylos et autres accessoires scolaires, faisait office de bureau. Ce jour-là, les jeunes collégiens se prêtèrent à l'épreuve de la dictée, où un des leurs devint un professeur improvisé tandis que les autres s'attelèrent à la rédaction. Tout le monde s'adonna à l'exercice avec beaucoup de sérieux et d'assiduité mais avec une certaine bonne humeur, car toutes et tous surent que cela se terminait souvent par quelques bouffonneries. Quant à Rudy, il afficha une mine pas vraiment inquiète mais plutôt morose, car l'absence d'Annie, mais surtout d'Anne-Lise, le chagrinait quelque peu, même s'il connaissait l'avis défavorable des jeunes filles pour un tel exercice qu'elles considéraient plus récréatif qu'éducatif. Deux heures plus tard, alors qu'ils en étaient déjà au chapitre des plaisanteries faciles, Rudy, ravigoté, aperçut avec surprise Annie qui arrivait sur son mini vélo blanc qu'elle laissa tomber sur le bord du chemin, écrasant au passage quelques coquelicots égarés. Elle s'approcha de lui et dit en le fixant sévèrement :

« Anne-Lise a demandé que tu la rejoignes là où tu sais. »

« Ah bon ! Tout de suite ? » répondit-il sur un ton interrogateur.

« Va, je te dis ! Elle t'attend ! » reprit-elle avec insistance.

Sans aucun signe extérieur d'inquiétude et sans précipitation, Rudy rangea cahiers et stylos dans son cartable, le mit en bandoulière, enfourcha son vieux vélo et disparut sur la petite route toute bosselée.

Arrivé sur le lieu consacré de leur rendez-vous, le jeune homme reconnut de dos la chevelure brune d'Anne-Lise, assise, quasi immobile sur leur banc, incontestablement figée en situation d'attente. Il se débarrassa de sa bicyclette rapidement, avança silencieusement vers elle, puis, délicatement, tendit son bras gauche, et du bout des doigts effleura son épaule droite. Un léger cri strident et un vif sursaut de la jeune fille attesta de sa surprise, mais déjà Rudy était face à elle la rassurant :

« Ce n'est que moi, n'aie pas peur. »

Immédiatement, la vision de son visage tourmenté provoqua une sournoise vague d'inquiétude qui le pétrifia d'effroi. Jamais il n'avait vu ses yeux ainsi. Ils semblaient fondre sur ses pommettes blanchies, presque de glace, tandis que ses joues subitement insignifiantes et évidées encadraient un résidu de lèvres tremblotantes qui s'affaissaient sur un menton pas tout à fait disparu.

« Mais qu'est-ce qui se passe ? T'es malade ? » questionna l'adolescent en s'asseyant.

« Écoute-moi, Rudy... J'ai quelque chose à te dire de très important. Tu sais que mon père est retraitable. Je t'avais déjà expliqué qu'il ne voulait pas s'arrêter et qu'il avait envie de prolonger un peu, qu'il se sentait encore assez jeune pour continuer... Alors il va prolonger... trois ans », expliqua Anne-Lise.

« Oui, oui ! Je me souviens... Il va prolonger, et alors ? » renchérit-il.

« Eh bien, oui, il va continuer pour une société minière... mais... dans la province de Lualaba... au Zaïre », lâcha la jeune fille dans un souffle affirmatif.

« Au Zaïre... En Afrique... Il va partir trois ans là-bas ? C'est loin ! » relança-t-il.

« Non... Pas « il », « nous » allons partir là-bas tous les trois, mon père, ma mère et moi », répliqua-t-elle cette fois-ci rageusement.

Tel un courant électrique, l'information lui traversa le corps, grillant sa raison au passage, le laissant pantelant, les bras agrippés au banc, l'esprit à la recherche d'une bouffée rédemptrice. La stupéfaction s'estompant, il se révolta avec véhémence contre ce *diktat* qu'il jugea égoïste et tyrannique, contraire aux lois élémentaires de la camaraderie, de l'amitié et de l'amour. Ensuite, emporté par sa fougue insurrectionnelle, il rechercha de vaines solutions aussi inespérées les unes que les autres, mais rapidement il comprit le caractère irrémédiable de la décision et chavira dans une acceptation fataliste avec un arrière-goût de malédiction.

Un terrible craquement à vous secouer le cœur faillit souffler toutes les vitres de la ville : c'était le tonnerre. Le ciel s'affubla de noir, et profitant de la pénombre, le soleil décampa. Malgré tout, muets de sidération, les deux jeunes gens demeurèrent pantois, exfoliés de l'entendement face aux conséquences de cette situation, face au néant dans lequel les adultes décidaient de les plonger. Puis quelques gouttes attiédies vinrent exploser sur leurs peaux ainsi rafraîchies, mais toujours aussi pâles et aussi insensibles. Anne-Lise et Rudy tentèrent de trouver au fond de leurs âmes des mots réconfortants, annonciateurs d'un possible avenir heureux, mais même la puissance de leurs sentiments, pourtant si nobles et si absolus, ne put les formuler et les laissa aphones. L'ondée prévisible lâcha son eau chaude et noya maintenant leur chevelure noire qui se mit à luire par éclats. Le ciel, en spectateur ému, leur pleurait dessus. Machinalement, plus que par réflexe de protection, ils se déplacèrent vers un arbre à l'allure bienfaitrice et s'y blottirent dessous. Là, sous ce précaire abri, la tiède humidité ambiante les enveloppa dans une antalgie naturelle qui sembla les apaiser quelque peu, aidée en cela par le continuel échange de leurs regards, si dévorants que leurs yeux s'émiettèrent.

Alors que la lumière du jour s'échappait, aspirée par la nuit tombante, la terre surchauffée relâcha une brume aux senteurs enivrantes et entêtantes, et c'est dans cette mousseline printanière étirée lascivement sur le sol que s'évanouirent les deux jeunes gens, chacun de leur côté, chargés lourdement de leur désespérance.

Durant les jours suivants, leur angoisse s'essouffla mais ne disparut pas. Leur vie semblait avoir été saignée, évidée de sa substance vitale. Malgré tout, aidés par leurs amis conscients de la tragédie qui se jouait, Anne-Lise et Rudy décidèrent d'amender leur condition et de disposer de leurs ultimes moments avec joie et gaieté, dévorant chaque instant, se gavant de la moindre miette de bonheur. Ils se débarrassèrent ainsi des futilités imbéciles de l'existence qui vous calaminent le quotidien et se focalisèrent uniquement sur l'essentiel. La brièveté inéluctable de leur union accentua l'intensité de leur passion qui s'en trouva décuplée, prête à affronter, peut-être, les conjonctures d'une séparation. Ce fut là leur objectif non avoué.

La dernière épreuve de leur examen terminée, l'année scolaire se termina. À cette occasion, une soirée fut organisée au collège fêtant la promotion des uns, la continuité pour d'autres, et pour la circonstance le départ d'une élève en particulier. En effet, au cours de cette fête qui caractérisa ses derniers instants de présence dans l'établissement, Anne-Lise alla saluer quelques-uns de ses professeurs présents et discuta longuement avec monsieur Lelong, le professeur de français si apprécié.

Puis, en compagnie de Rudy, elle retrouva ses amis Annie, Évelyne, Estelle, Gaby et bien d'autres, avec lesquels elle bavarda longuement, s'essayant à l'exercice des bons mots ou petites plaisanteries, plus par diversion que par conviction. Bien avant la fin de soirée, Anne-Lise et Rudy quittèrent cette salle à l'ambiance débridée et leurs amis bienveillants les regardèrent sortir avec beaucoup de magnanimité.

Le jeune couple se retrouva seul maintenant, abandonné à lui-même pour quelques brefs instants encore. S'étant déjà étourdis de promesses et enivrés de paroles, c'est quasi silencieusement qu'ils s'égarèrent sur ce chemin ondulant entre ciel et terre, et qui se déroutait astucieusement de la ville de par les champs déroulant leur parure aigue-marine vers l'infini, tout en s'enluminant déjà de dorures éparses. Entre chien et loup, la Providence les poussa vers une étroite bande habillée d'un caftan d'herbes fines où les attendait une multitude de violettes, anémones de printemps et autres cyclamens, exhibant leurs somptueuses robes mauves, bleu cerise et jaune ocre dans un galant défilé de bienvenue. Leurs délicieuses senteurs affriolantes invitèrent les jeunes gens à s'y asseoir, tandis qu'un croissant astral scintillant se dévoila, perçant une écharde nuageuse avant de s'y accrocher et de servir sa timide lueur. Un tendre souffle liquoreux venu du sud agitait quelques pistils fièrement dressés, laissant échapper ainsi leurs pollens féconds vers d'innocentes étamines pourtant bien accueillantes. Dans ce louable et paisible décor, aspirés dans cette sublime inflorescence, elle et lui, envahis par l'intense chaleur de leurs ardeurs, se fondirent l'une dans l'autre, s'immergeant dans leur désir amoureux totalement liquéfié, et offrirent ainsi à leur amour méritoire et partagé l'unique offrande, l'oblation suprême et majestueuse, celle que l'on emmène avec soi *ad vitam æternam*, ciselée dans la matière immuable de la mémoire que rien ni personne ne viendra annihiler ou dérober. Véritablement transportés par l'émotion qui s'échappait de leur profondeur, vint le moment fatal des derniers engagements, fragiles espoirs à leurs sentiments de subsister, cette ultime espérance, refuge dérisoire de leur jeunesse confronté à l'obscurantisme patriarcal. Revenus aux abords de leur banc fétiche, qui jalousement sauvegardera dans sa mémoire de bois les tendres souvenirs, l'instant crucial de la déchirure advint.

Les membres pantelants atrophiés par la malédiction, les corps flasques écrasés par le désespoir, ils ne se retenaient plus que par l'extrémité de leurs doigts, qui, malgré l'effort colossal de leur assentiment, finirent par lâcher. La chevelure vaporeuse d'Anne-Lise s'évanouit dans la pénombre, tandis que Rudy resta longuement transporté par cette image ineffable. L'espace d'un instant, il crut apercevoir un éclair déchirant l'obscurité, sans doute un ultime éclat embué du visage de la jeune femme se retournant une dernière fois. Face au vide, Rudy réalisa que l'amour ne répondait pas aux espérances mais se faisait violenter par les assauts cruels de la destinée, celle-là même qui vous plaçait sur son chemin et qui vous en excluait tout aussi férocement. Consolé à l'idée d'avoir vécu des moments épiques, ceux que peut-être d'aucuns ne vivront jamais de toute leur existence, il reprit son souffle, respira profondément et, finalement, levant la tête vers la voûte sibylline, offrit sa face ravagée au sacrifice de la fatalité, tandis que toute la profonde détresse qu'il contenait en lui déborda de ses yeux en de fins ruissellements cristallins.

*

Sur le tarmac torturé par un soleil extraordinairement agressif, encadrée de parachutistes, une longue colonne de civils dépenaillés, croulant de saleté, les vêtements déchiquetés relâchant de longs effluves cadavériques, s'avança vers les portes d'un C 160 Transall dans lequel elle s'engouffra et où elle s'installa chaotiquement. À l'intérieur de l'appareil, les femmes, les enfants et les hommes se recroquevillèrent sur eux-mêmes, se blottissant les uns contre les autres. Des mères serraient désespérément leurs enfants en gémissant d'épouvante, tandis que même de forts gaillards aux carrures d'athlètes sanglotaient. Toutes et tous avaient le visage déformé par la terrible angoisse de ces jours d'horreur qu'ils venaient de vivre. Toutes et tous, sauf une personne. Au milieu de cette troupe martyrisée et terrorisée, une jeune fille brune aux yeux verts, entourée des siens, semblait étrangement calme et sereine.

Des haut-parleurs de la carlingue, une voix nasillarde et puissante s'échappa fort et clair : c'était un officier parachutiste français du 2° REP :

« Mesdames, messieurs, nous rentrons chez nous, direction la France. »

Anne-Lise sourit.

Dix mois et 23 jours plus tard, à Kolwezi au Zaïre, en ce 21 mai 1978, le destin trancha.

Imprimé en France
Achevé d'imprimer en février 2023
Dépôt légal : janvier 2023

Pour

Le Lys Bleu Éditions
40, rue du Louvre
75001 Paris